大展好書 好書大展

大展好書 好書大展

青春天地

30

刑案推理解謎

小毛驢／編譯

大展出版社有限公司
DAH-JAAN PUBLISHING CO., LTD.

序言

假設你放學回家時，發現門口有一雙陌生的鞋子。當然，這必定是有客人來訪。不過，若能仔細觀察鞋帶的綁法、鞋跟的磨損程度，就能大致掌握客人的性格。同時，如果調查一下鞋底所沾染的泥巴，也許即可發現客人是從何處前來的。

諸如這般根據數個事實而找出一個結論就稱爲「推理」。

推理絕不是小說或戲劇上的手法，在我們實際的生活中也有極大的幫助。

本書的目的正是希望讀者們能從中磨練推理的能力。請仔細地品味每齣戲劇將近尾聲時名偵探指著兇手拆穿其面具說：「你才是眞兇！」的箇中意境吧！

目錄

第二章　間諜混戰案件記錄

第三章 歹徒犯罪手記

第四章　推理作戰解讀備忘錄

第一章　刑警搜查手記

1 花壇知道一切！

安刑警趕到事故現場時第一個念頭是覺得太可惜了。這也難怪，因爲，即使拿自己數年的薪水也買不起的高級賓士轎車撞在電線桿上面目全非。

車內是一對年輕的男女。男子撞在擋風玻璃當場死亡、女子身受重傷。馬路上悽慘的血跡和路邊花壇上的鮮花形成強烈的對比。

安刑警到醫院向終於能開口說話的女士詢問事情的經過。

以下是其談話的內容：

刑警：「這麼說，開車的是他而妳坐在助手席上。」

女子：「是的，他喝了一些酒，趁著酒興把車子開在路肩玩鬧……結果竟然發生了這種事……」

刑警：「原來如此！其他還有沒有什麼特別留意到的事……？」

女子：「在車子行駛間，車窗下正好可以看見花壇。就在車禍發生之前我問他喜歡什麼花。就只有這些了，沒有什麼好談的，倒是我臉上的傷痕可能要花一筆錢去整型呢。我打算向他的父母索賠。」

刑警：「小姐，很可惜這是不可能的。因爲，是妳殺了他……」

那麼，安刑警所拆穿的車禍眞象是……？

答

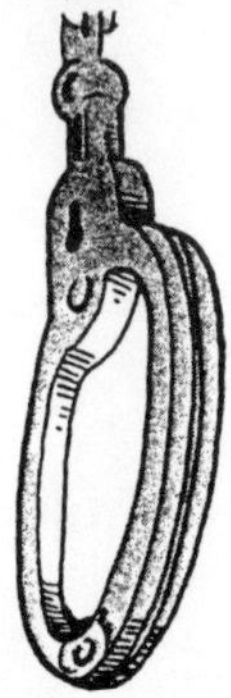

開車的是那位女子。賓士汽車的駕駛座是在左側，當車子沿著路肩行駛時，坐在助手席上的人根本看不見花壇上的花。

2 無破綻的犯罪！

R電器行的老闆視賭如命結果導致商店的經營面臨癱瘓的狀態。

因此，這位詭計多端的老闆打算詐騙火災保險金。他把放火器材放在店裡、按下點火開關，趁店內無人時外出。這個計謀雖然成功，卻釀成大火災而波及附近十棟房子。

以下是老闆和負責偵訊的刑警之間的對話：

刑警：「我們在可能是起火點的地方

找到了T・S（定時裝置）的殘骸。縱火嫌犯似乎是在你的店裡設下定時的裝置。」

老闆：「哈哈哈……刑警先生你該不會是懷疑我吧！但是，我們店裡也有販賣T・S裝置，所以就算是發現了好幾個，也不足爲奇呀！」

刑警：「那麼，發生火災的上午十點左右你在那裡？」

老闆：「我正好到朋友的家裡。從店裡到朋友的家坐車要花一個半鐘頭。我大約是在八點三十分左右離開店的。」

刑警：「原來如此……」

老闆：「刑警先生，你調查一下就可明白，我的店裡所出售的T・S都是日常只能做一個鐘頭的定時。如果是十點發生火災，必須在九點按下定時開關。但是，我是在八點三十分離開我的店。十點時正好到達我朋友的家，不在店裡的我怎麼可能在店裡動手腳呢？」

刑警：「……！」

根據搜查的結果，老闆的證言完全屬實。那麼，詭計多端的老闆是利用什麼計謀安裝放火裝置呢？

第一章　刑警搜查手記

答

電器行老闆是將兩個T・S連接在一起做成引火裝置。每個T・S各有一個鐘頭的定時時間，所以，有兩個鐘頭的時間可以運用。

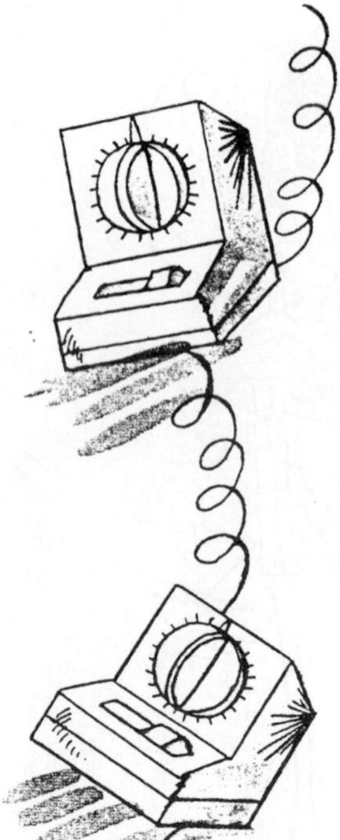

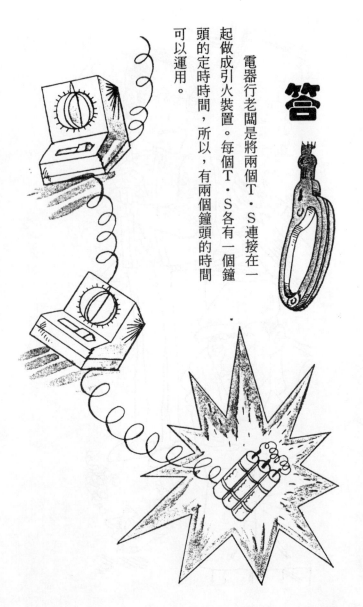

驗屍

當發現意外死亡的屍體時，法醫必須解剖屍體進行調查，這稱爲行政解剖。因爲，意外死亡的屍體，很可能就是一宗兇殺案件。

驗屍的順序是先調查屍體的脈搏，打開屍體的眼皮用光照射其瞳孔觀察其變化，最後必須根據法醫的判斷才認定是否死亡。

屍體上有所謂的死斑，死亡後身體一定會出現的斑點。這是因爲心臟停止跳動，身體的血液因重力的作用自然沉澱所造成的現象。從死斑的色澤多少可推斷出死因。譬如，呈鮮紅色血斑時，是因氰酸系毒物致死或凍死或一氧化碳素所造成的中毒死亡等。

3 深夜廣播與金刑警的眼力

深夜四點左右，在住宅區中傳出一聲女子的慘叫。

碰巧在附近巡邏的金刑警趕緊趨前過去時，發現一名風塵女郎打扮的女子蹲在馬路邊。據說一名蒙面的男子把裝著當天酒吧營業額的皮包搶走了。男人身上的鈕釦被扯落在現場。

隔天早上，金刑警立即夥同另一位刑警根據現場的遺物開始到外面搜查。

不久即發現一個可疑的嫌犯，那是住在公寓的一名補習班的學生。

當刑警到他的住處拜訪時，敲了三次門才出現一個睡眼惺忪、穿著睡衣的男子。根據他的證言，他一直聽著深夜廣播一邊讀書，直到凌晨四點左右才在不知不覺中睡著了。

刑警：「你說你聽著深夜廣播而睡著了，不過，我看你收音機的開關好像切掉了啊？」

學生：「刑警先生，你未免太落伍了

！目前的收音機都有睡眠定時裝置，只要設定好時間，收音機會自動關機啊！」

刑警：「別說謊了，你說聽深夜廣播，根本是胡扯。」

不久，這位補習班的學生終於招了供。金刑警是如何視破他的謊言呢？

答

金刑警看到了收音機頻道上的指針，那個指針指著中廣的周波數，而深夜四點中廣根本沒做廣播。

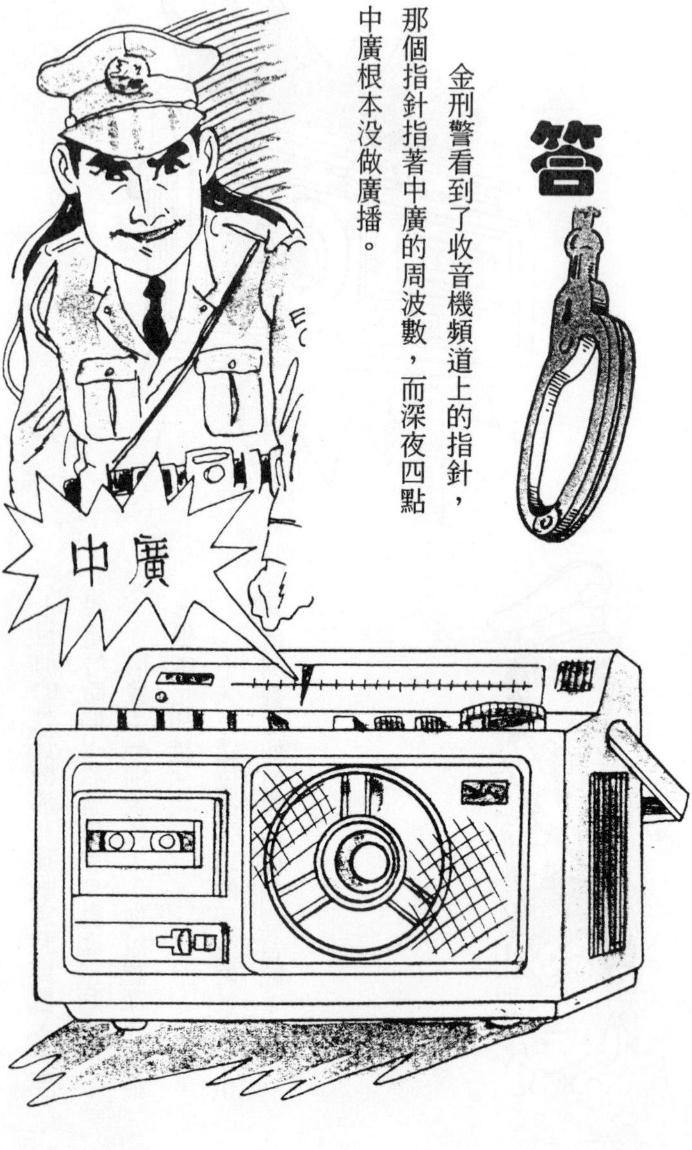

4　拆穿偽裝殺人！

開車趕往位於北部的分公司舉行業務協調的董事長卻被人在N峽谷發現其屍體。車子卡在斷崖的途中，而董事長的屍體卻在谷底。

幸好車子沒有燃燒，而屍體也沒有太大的傷痕，不過死後已經三天。因另案到N縣出差的莊警官也到現場視察。

N縣的刑警們一致認爲這是單純的車禍。但是，莊警官一看到現場的屍體，則認爲是一宗巧妙僞裝的殺人案。

附圖是現場的照片。請試試您的推理能力是否比得上莊警官？

答

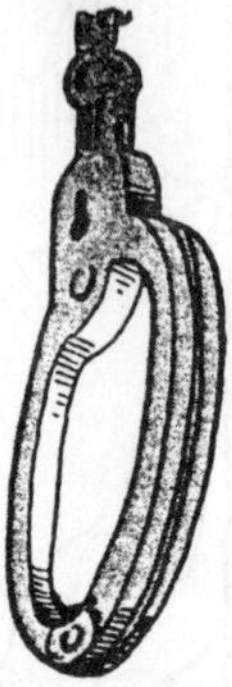

莊警官發現董事長長手上的手錶是自動錶，而錶上的秒針還在動。如果是三天前死亡的話，手錶應該已靜止了。因此這位董事長是在其他地方被人殺害，在不久前才被送到現場，因移動時的振動使手錶自動上發條而又重新啓動。

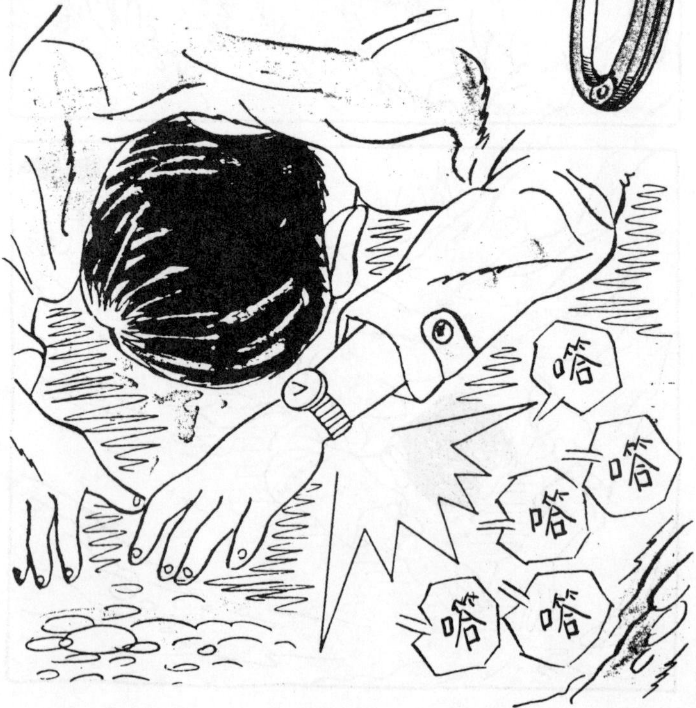

遺留物

兇手在現場遺留下的東西稱為遺留物。譬如，行兇時所留下的兇器或兇手身上所穿戴的物品等。根據遺留物可判斷兇手的性別、社會地位、年齡及職業等事實。以腳上所穿的鞋子而言，因各人的職業就有極大的差別。曾經有一件兇殺案，因現場發現一隻可能是兇手所遺留的拖鞋。那隻拖鞋的底面前方有相當嚴重的磨損。後來根據這隻鞋子的特徵判斷兇手也許是經常騎腳踏車的人，結果並因此而破案。因為，踩腳踏車的踏板時，必須在腳尖的部分用力。因而推理出拖鞋的前方會磨損。諸如這般，犯罪現場的遺留物是犯罪搜查上的重要證物。

5 子彈不會轉彎！

早上，一一〇報案中心接獲報案說，在P公園有一具被人射殺的屍體。搜查小組到達公園時，發現在圖示的位置上有一具男人的屍體。

乍看之下是一名幫派分子的人，死亡時刻判定是昨晚三更過後，似乎是有關毒品交易的兇殺案。

子彈從背後穿過肩膀到達心臟。換言之，是被人從極高的角度射擊。

但是，不可思議的是公園附近並沒有那麼高的建築物。那麼，難道死者是被兇手硬壓在地上而被由上往下射殺的嗎？但是，當場死亡的男人臉孔卻帶著幸福的表情，絲毫沒有掙扎的痕跡。

那麼，殘酷的殺手到底是用什麼方法槍殺這名男子的呢？

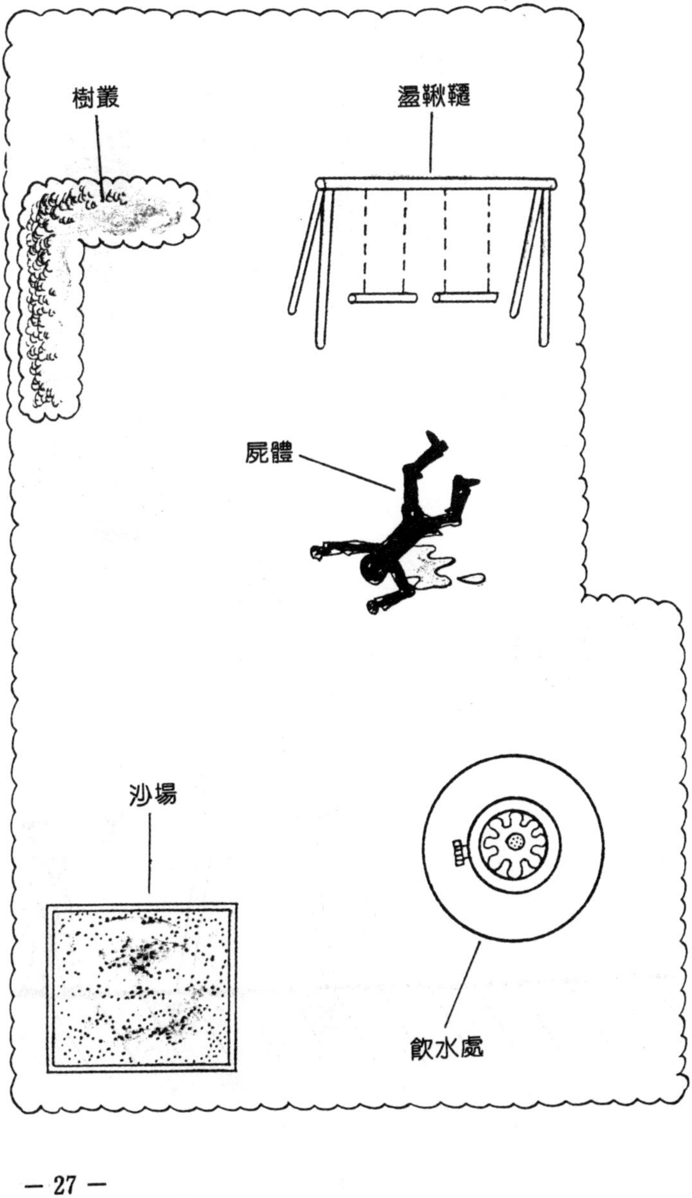
樹叢
盪鞦韆
屍體
沙場
飲水處

答

殺手是趁死者用力地盪出鞦韆時，從公園外圍開槍射擊。

死者當時也許是正陶醉在調皮的幼年時光中，臉上帶著幸福的表情。

6 時鐘會確實地報時嗎？

看管倉庫的老人在盤點倉庫的庫存時，竟然被貨物壓死了。

第一個發現者是叫做勝田的年輕同事。這個倉庫是採取輪班看守制。據說勝田早上上班時發現了這個意外。

老人手臂上所戴的手錶壞了，時針指著八點。另外，據說昨天晚上七點半時老人曾經打電話回家，所以，死亡時刻推測是在昨晚八點。

以下是刑警和勝田之間的對話：

刑警：「發現屍體之後，沒有移動現場的東西吧？」

勝田：「沒有。不過，這麼熱心工作的老人怎麼發生這樣的意外……人的命運眞難預測……」

與勝田一問一答之間，刑警環視著早晨的陽光已經射進煦亮的窗口，仍然顯得昏暗的倉庫裡。牆壁上掛著一個「請節約用電！」的大海報。就在這個瞬間，刑警發現勝田的證言有誤。

不久，荷田招供是自己殺了老人。

據說是因爲老人一再向他催討借款的緣故。昨晚八點左右他把老人殺害後將現場做了僞裝！那麼，刑警是如何拆穿勝田的謊言呢？

答

倉庫的燈關掉了。如果是在盤點倉庫的貨物而碰到意外，即使公司如何強調節約用電，也一定會點著燈工作。但是，勝田殺害老人之後，出自習慣性地把燈關掉後再離開倉庫！

7 遊樂區殺人事件

某個星期天在頗適合親子同遊的R遊樂區發生了一件兇殺案。

搭乘摩天輪觀覽車的一組觀光客中，有一名被槍殺了。

兇手雖然伺機逃走，不久卻被遊樂區的警員逮住。但是，不可思議的是行兇的手槍並不在手上。

兇手行兇後即被逮捕，而且也沒有藏匿在其他的地方。警方認爲遊樂區內有其他共犯，兇手一定是把槍交給共犯。

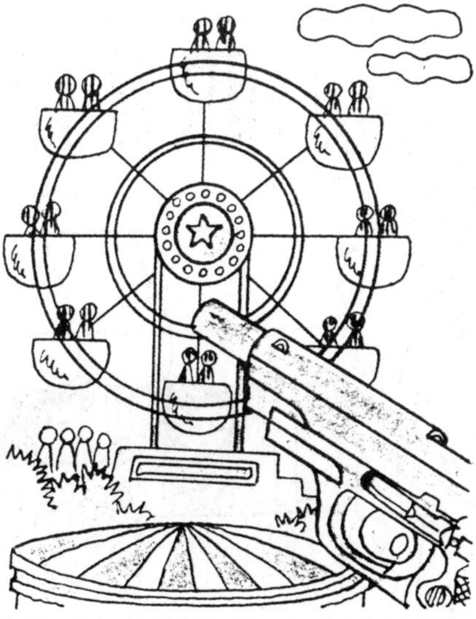

因爲，如果沒有發現做案的凶器，就不能構成犯罪。因此，警方在遊樂區的出入口一一地檢查區中的遊客及所有關係者。

但是，卻仍然找不到手槍。以下是到遊樂區遊玩的某家族所拍攝的照片，殺人犯的共犯隱藏其中。請找出共犯並指出手槍的隱藏所。

答

小丑是共犯。接到手槍的小丑，把槍綁在許多汽球下丟向空中！

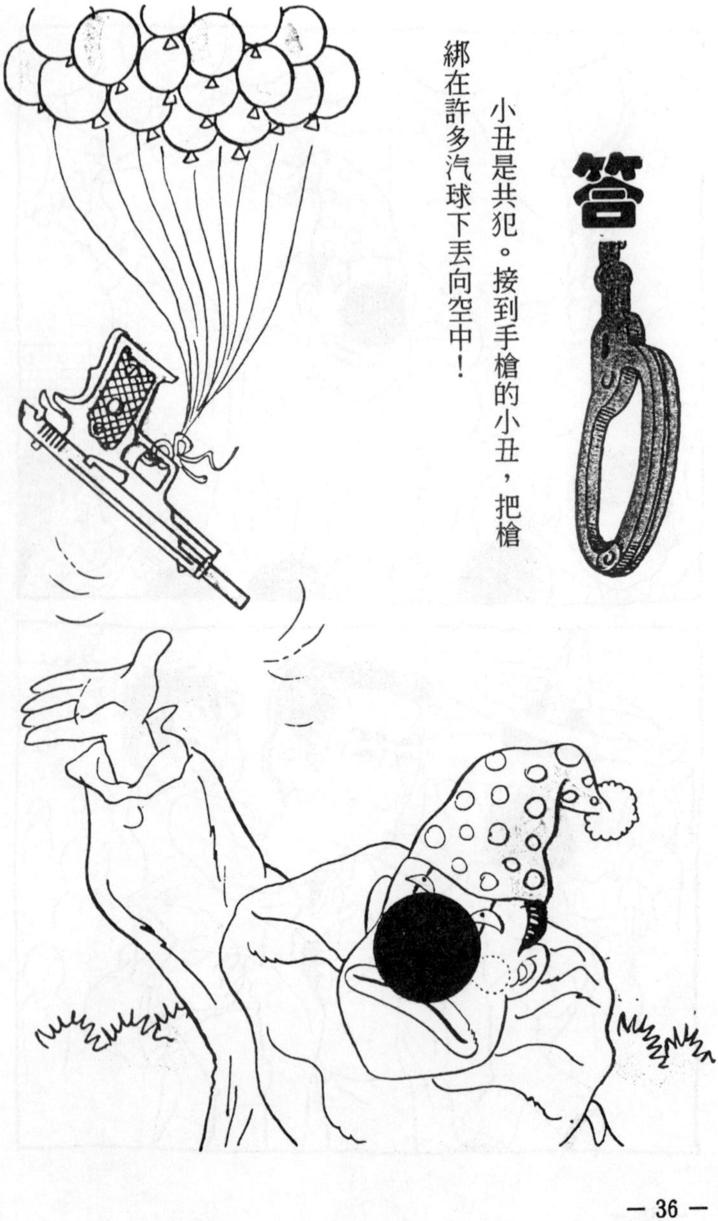

指紋

世界上不可能有兩個人具有同樣的指紋乃是衆所周知的事實。

所以，「指紋是兇手所留下的名片」這句話說得一點也不錯。指紋的種類大致可分爲①弓狀紋（如弓的形狀）②蹄狀紋（如蹄的形狀）③渦狀紋（旋渦形）三種。另外，即使指頭曾經受傷或刮傷，當傷口回復後又會出現和以往一樣的指紋。

行兇現場所採取的指紋會和指紋卡做比對，如果兇手是前科犯，立即就知道兇手是誰。不過，指紋的採取或比對是需要耐力的工作。

8 不耐疾病之苦的自殺或他殺？

M醫院的8號房（單人房），住著一名年輕女子。她患有心臟病，住院已將近一年。

這位女病患非常喜歡看懸疑小說，睡覺前必定看懸疑小說。案發當天她請看護者為她購買一本新的懸疑小說。

隔天早上卻被人發現躺在床上用水果刀割腕自殺了。

旁邊的小桌上放著新買的小說，臺燈仍然亮著。看這個情景可能是自殺也可能是他殺。

根據看護者的證言，當天晚上死者比平常更熱衷地閱讀那本小說。趕到現場查證的刑警經過仔細調查之後，在搜查會議席上強烈地主張「是一宗他殺案」。

那麼，死者到底是因不耐疾病之苦而「自殺」或者是被某人殺害的「他殺」呢？而主張「他殺說」的刑警的根據是什麼？

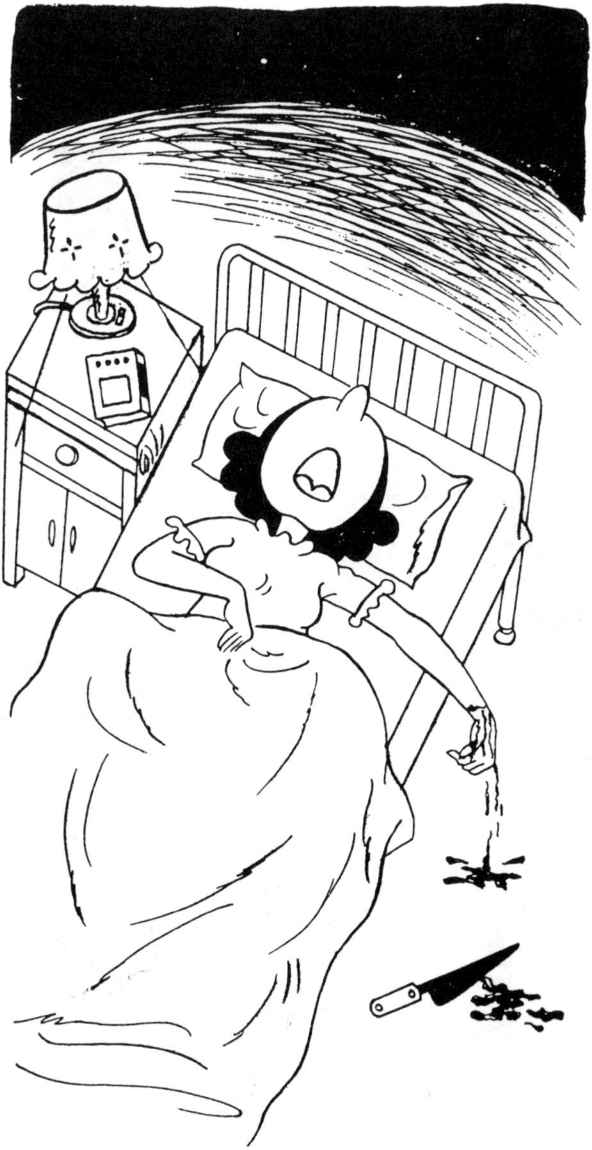

答

搜查應該往「他殺」的方向進行。

刑警是看了新懸疑小說的裡側。結果在未讀完的頁數上留有折頁。喜好懸疑小說的讀者打算隔天繼續讀完！想要「自殺」的人會做這樣的事嗎？

9 密室殺人辦得到嗎？

某天晚上一一〇報案中心接獲一通求救電話，只聽到打電話的男人喊著說：「救命啊，會被殺……。」電話就掛斷了。經過逆向探測的結果，知道電話是從廖居明的房間打來的。

廖居明是個惡毒的詐欺師。不知是否他自覺已遭人埋怨，不但在自宅門上裝了一個自動按鈕的鎖，而且在門的內側還加裝兩個鎖。趕到現場的警官好不容易打開三道鎖進入房內，發現廖居明手上拿著刀，躺在血海中已斷了氣。

房子的窗戶也沒有打開的痕跡，廖居明等於是在密室中死了。

當然，他不可能是自殺的，很明顯的是一宗殺人案件。

經過搜查的結果發現Ⓐ、Ⓑ、Ⓒ三人曾經在其住處附近徘徊。請利用你的推理能力解開密室之謎並抓出眞兇。

另外，死者所住的公寓的走廊是鋪著擦得清潔光亮的油布。

答

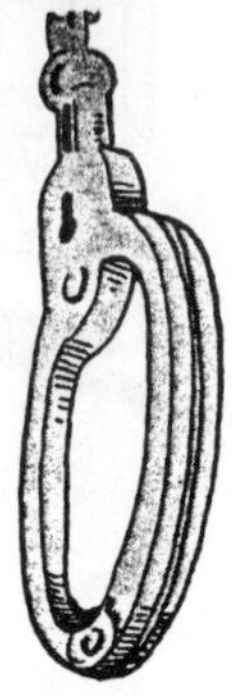

兇手是C的男人。C在公寓的走廊埋伏等候廖居明，再伺機用小刀將他刺殺。廖居明中刀之後逃進自己的房內迅速地關上自動鎖，同時，再把其他的兩道鎖也上鎖，拔掉小刀後因失血過多而死亡。

當然，門外的走廊應該留有多量的血跡，但是，C脫掉西裝上衣後把它丟進垃圾桶內。因爲走廊鋪著油布，乍看之下並無法看出上頭留有血跡。

10　遺產繼承殺人案件

大富翁黃裕本先生是個身高一八〇公分體重九〇公斤的彪形大漢。但是，有一天卻被發現在自宅的客廳被人殺害。

也許是和兇手格鬥的關係，大富翁手上所戴的手錶錶面破裂，時針靜止於十點十分的位置。換言之，也許被殺的時刻是十點十分吧。

黃裕本先生有三個外甥，個個素行不良。都覬覦黃裕本先生的財產。

警方立即調問三人，結果在十點十分

左右，這三個人都有不在場證明。事實上眞兇就在他們三人之間，請替刑警找出眞兇手吧。

另外，附上行兇現場的三張照片做爲參考。

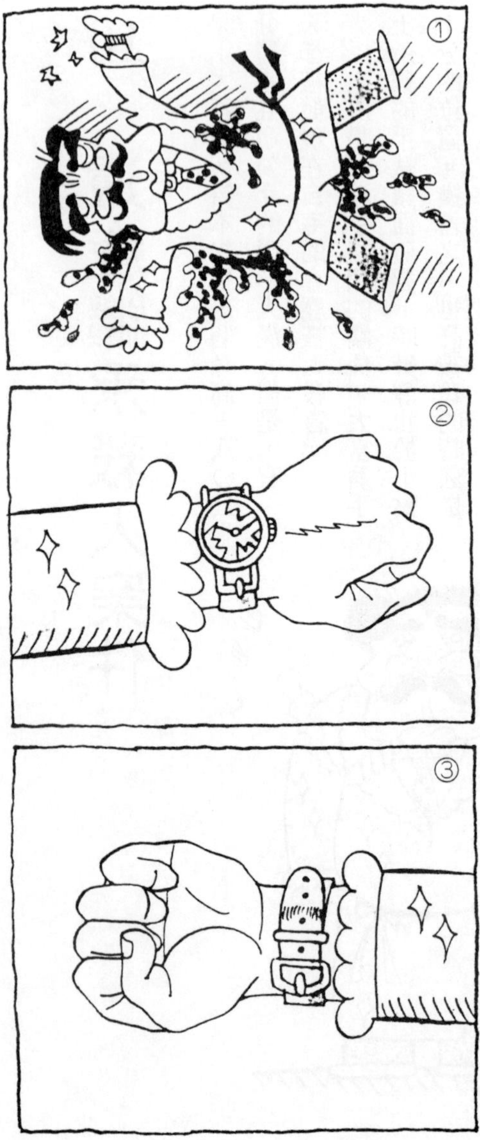

答

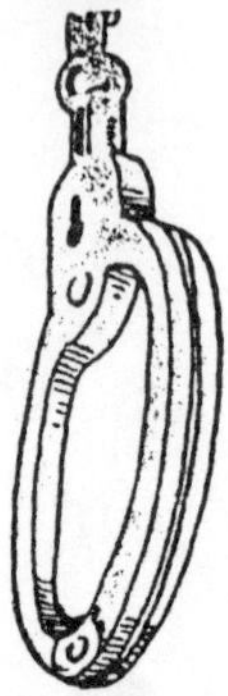

兇手是A的男人，請看第三張拍有手錶錶帶的照片。手錶的錶帶和褲頭的皮帶每次都使用同樣的帶孔，時間一久會在該處留下折痕，但是，照片中的折痕是在扣環的外側。

由此可見這個手錶並非黃裕本先生的。從折痕的位置即可發現那是手掌比他還粗的男人的物品。

黃裕本先生本身就是個彪形大漢，所以，比他更高大的男人只有A。A是把自己的手錶弄壞然後戴在黃裕本先生手臂上，偽裝自己的不在場證明。

11 國際毒物殺人案件

在瑞士一所國際療養院內發生了一件兇殺案，被害者是日本數一數二的財閥的董事長有增金造先生。

在歐洲參加國際刑警會議的外事警官隨即趕到現場。

案發現場是個可以遠望阿爾卑斯山的雅靜病房，有增的死因似乎是中毒。但是，在有增的房間卻沒有發現任何裝有毒物的瓶子、玻璃杯或食物等。

兇手到底是如何讓有增先生喝下毒藥呢？或者這並非他殺或是自殺。

附上一張傳眞送來的現場照片，請運用你的推理能力說明案情的眞相吧。

答

兇手是在體溫計上塗了藥，外國是使用口含式的體溫計。因此，下毒者是護士。

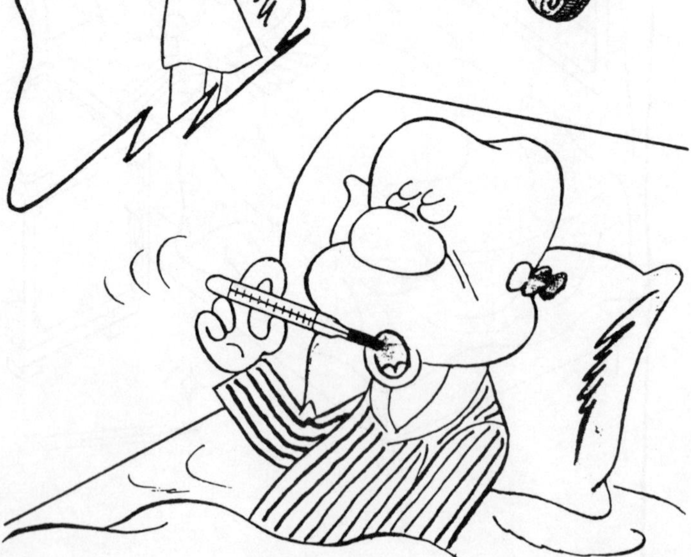

毒藥

利用毒藥殺人的手法具有相當久遠的歷史。中世紀的歐洲，下毒殺人幾乎都是女人慣常的手法。也許是無權無勢的人利用計謀將權勢者殺害吧。

中毒而亡的屍體會有顯著的特徵。以下來談主要的中毒的症狀。

氰酸鉀會破壞血液中的氧氣。因此，會使人呼吸困難而死亡。水銀會流出勒緊喉嚨的毒液。燐系的毒藥會產生激烈的腹泄或嘔氣。農藥會使胃部潰爛。馬錢子鹼（strychnine）會引起激烈的痙攣，造成筋肉的硬化。砒霜會產生激烈的腹泄與痙攣、脫水現象。

12 銀行搶犯通緝照片

正雄買了一個天文望遠鏡，他興奮地說要找到一顆新的彗星把她命名爲正雄彗星。但是，當他把鏡頭朝向地面上，卻不期然地目擊到銀行搶犯的臉孔。

搶犯從銀行的後門逃出後，把戴在臉上的面具丟掉。

換言之，正雄的天文望眼鏡捕捉到搶犯的臉孔。不久出現了三個和正雄的證言類似的男人。請運用你的推理能力揪出眞正的銀行搶犯。

利用天文望遠鏡所拍攝的銀行搶犯

答

搶犯是B的男人。天文望遠鏡和鏡子不同，並不會拍出左右顛倒的照片。不過，鏡頭上的景物會做一八〇度的倒轉！

13 避暑地的槍殺案

Y高原受到大家炒建別墅地，而急速開闢成新的城鎮。因此，道路的鋪設尚未完善，有許多崎嶇坡道。

而在一個靜悄的夏日午後，鎮上發生了一件殺人案件。

由東京前來避暑的某公司社長似乎在車程途中被人射殺。以下是開車的司機與刑警的對話：

刑警：「你察覺到社長被殺是在到達別墅之後？」

司機：「是的，我以為社長靠在椅背上休息，所以，途中一直都沒有打擾他。」

刑警：「車子一定裝有冷氣，途中車窗是否曾經打開？」

司機：「進入清涼的高原後，我依社長的命令關掉冷氣打開窗子。」

刑警：「哦，這麼說來兇手從打開的窗子利用滅音槍狙擊社長囉？」

司機：「刑警先生，請儘速抓到眞兇，竟然殺了這麼好的社長。絕對不可原諒！」

經過調查的結果，發現社長是在進入高原之後，換言之，是抵達別墅前的一個鐘頭左右死亡的。刑警走近車旁，凝視著胸口淌著血的社長，彷彿熟睡一般倚靠著的坐席時，嘟喃著說：

「那個司機說謊，他就是兇手！」

那麼，刑警的推理正確嗎？

第一章　刑警搜查手記

答

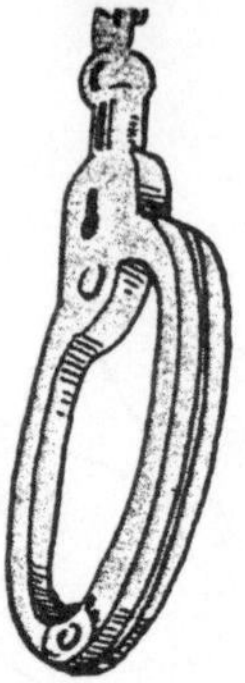

根據司機的說法，社長彷彿熟睡一般躺在座椅上死了。而且，死亡時刻是在到達別墅前的一個鐘頭前。

途中有極爲崎嶇凹凸的路面，社長可能安如泰山地躺臥在座椅上嗎？

在這麼陡峭的路途中，社長的身體一定會傾倒在座椅上或跌落在座椅下。刑警就是以這一點而拆穿司機的謊言。

第一章　刑警搜查手記

14 流氓幫派槍殺案件

波爾佐酒吧的經理被槍殺了。他平常和幫派組織就有勾結，是個風評不佳的男人。他似乎是被捲入幫派之間的糾紛而被殺。

不久，某幫派的幹部忠民被警方以嫌犯身分偵訊。

忠民雖然在警方的嚴密偵查下矢口否認。不過，卻承認擁有一把槍。但是，據說那把槍從兩年前就一直由波爾佐酒吧的經理保管。

警官於是立即到波爾佐酒吧進行搜查，結果從酒吧的隱藏櫃裡發現一把舊報紙包著的手槍。搜查員爲了調查硝煙反應及槍彈，打算把手槍帶回警署。但是，警官卻說：

「根本不需要鑑識調查，是忠民說謊。那把手槍正是犯罪的兇器！」

那麼，警官的推理是……？

答

他看到了包裹手槍的報紙上的日期。

如果是兩年前就由酒吧經理所保管，報紙上的日期未免太新了。

金田一耕助

他是一舉成名的日本名偵探，創作者是橫溝正史。金田一耕助的模樣是一頭散髮，穿著縐巴巴的和服及燈籠褲，帶有一點口吃，乍看之下是極不顯眼的小男人。但是，當他在處理疑難的案件時，則充滿著銳氣、精神煥發地令人刮目相看。

他出生在東北，畢業於東京的私立大學後前往美國四處遊學。但是，在一個偶然的機會因爲解決一件疑難的案件而聲名大噪，隨即有了後台老闆，回到日本後從事偵探業。偵探的方法是根據警方的調查資料分類整理，再從中推理出新的事實。金田一耕助的代表性偵探小說是「獄門島」、「犬神家一族」等。

15 車衝撞的暴斃案件

飆車族的老大吉雄撞在電線桿上當場死亡。根據目擊者的老二小茂的證言，事情的來龍去脈是這樣的——。

小茂：「開著紅色保時捷轎車的一位絕色美女突然從後面超越我們，因此，吉雄老大拉不下臉氣得往前追，結果就發生了意外……」

小茂哭著說。

附一張現場的照片以供參考。這個車禍果眞如小茂所言嗎？

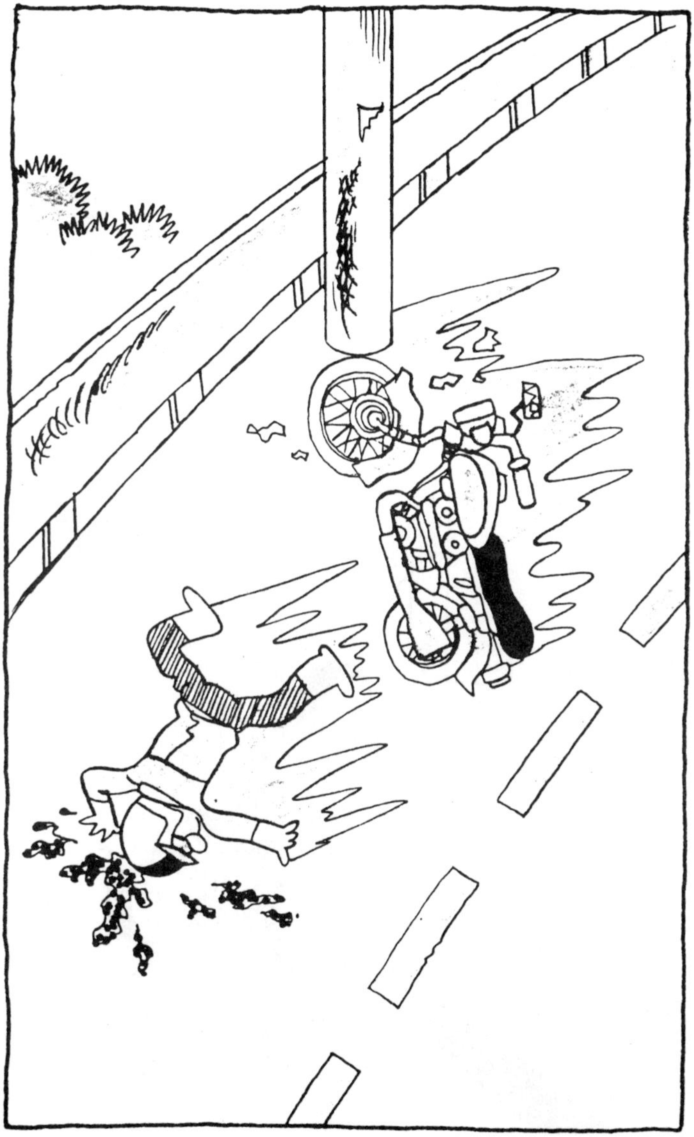

答

小茂的證詞可疑。一般摩托車撞到電線桿時，騎士會因爲反動而朝所進行的方向飛出去。

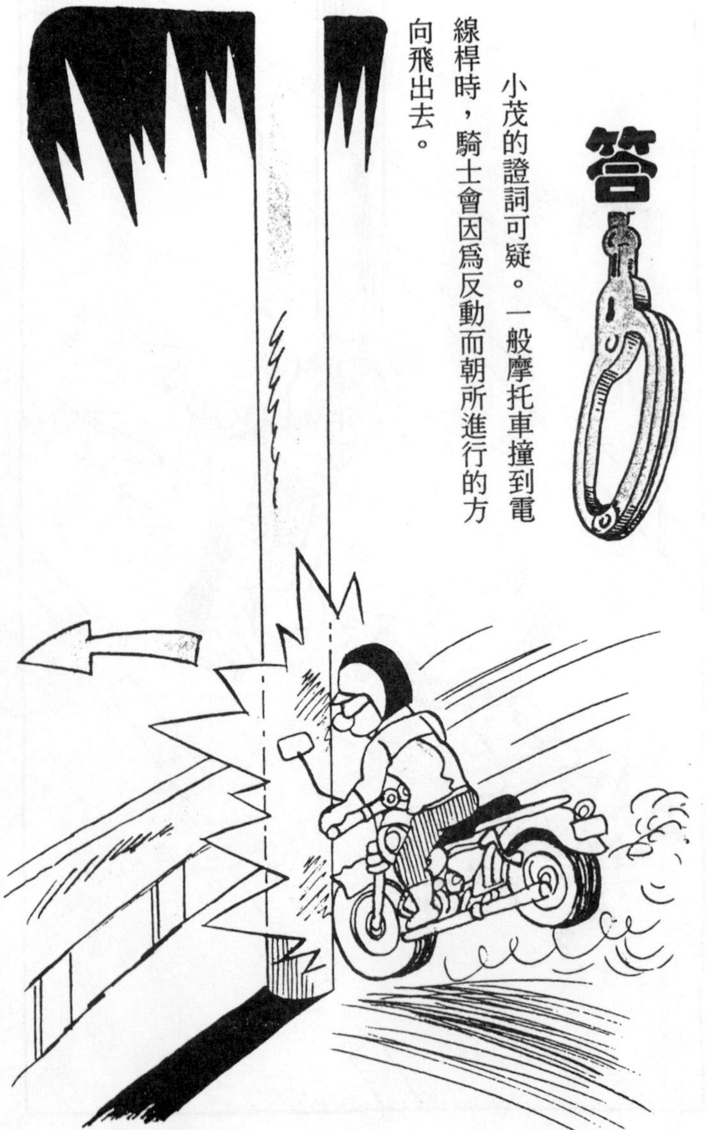

16 識破不在場證明的偽裝！

住在廉價公寓一室的單身老漢被殺了。這位老人不知是否經濟情況良好，房間不但整理得整整齊齊，傢俱也都是上等貨。據說老人的唯一樂趣是看晚間電視的棒球賽。但是，不知是否和兇手爭執的緣故，當時電視插頭並沒有在插座上。

警官立即向隔壁房間的一名男子調查老人的狀況。

以下是他們二人的對話。

男：「眞是個奇怪的老人。每次我帶女朋友到我的房裡約會時，他就在隔壁偷聽。」

警官：「那眞是個不好的興趣啊！」

男：「而且，隔天把聽到的話一五一十地向我調侃，眞是氣死人了！」

警官：「那麼，你有殺害老人的動機囉！」

男：「怎麼可能！那一天我和女朋友正在約會呢。我有不在場證明喔！」

警官回到老人房間時，把電視插頭重

新插上。電視開關似乎本來就開著，結果出現了著名的歌手正在唱歌的畫面。就在這個瞬間，警官拆穿了隔壁男子的謊言……！

那麼，各位讀者是否知道其中的原由？

答

電視的音量比一般還要大。換言之，單身老人似乎患有重聽。所以，根本聽不見隔壁房間的悄悄話。

17　現金奪取戰

N湖是個非常美麗的湖泊。在通過N湖旁邊的馬路上發生了農會運鈔車被襲擊的案件。

據說被搶的金額是五千萬元和一些零鈔。五千萬元全部是紙幣，而零鈔大約是值五十萬元的硬幣。犯人爲何也要盜取那麼重的硬幣錢袋呢？

總而言之，這條馬路立即設下天羅地網把道路全部封鎖，但是，雖然有嚴密的路檢，卻沒有找到現金。

犯人似乎把現金藏在某處。獲知這個案件的警官趕到現場時，據說立即找到了現金。這個案件對他而言似乎是輕而易舉的小事。那麼，現金是以什麼方法藏匿在何處呢？

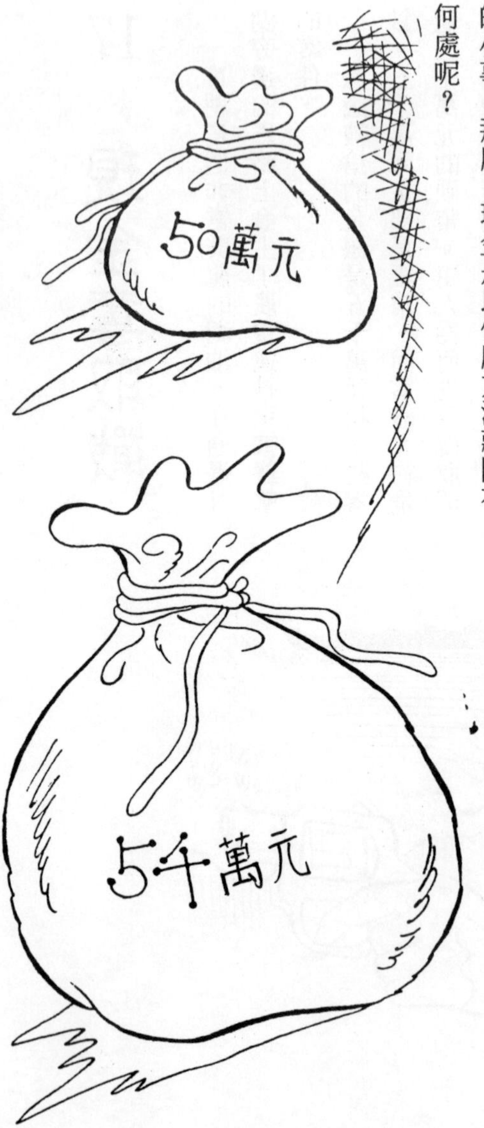

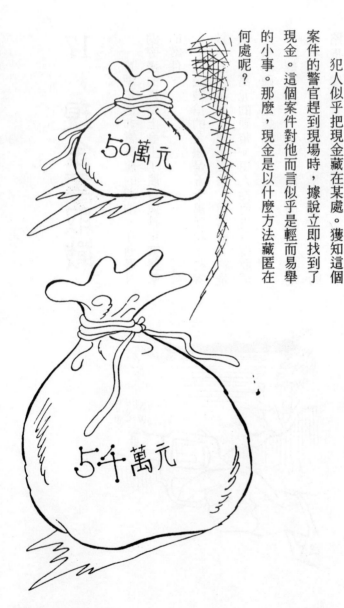

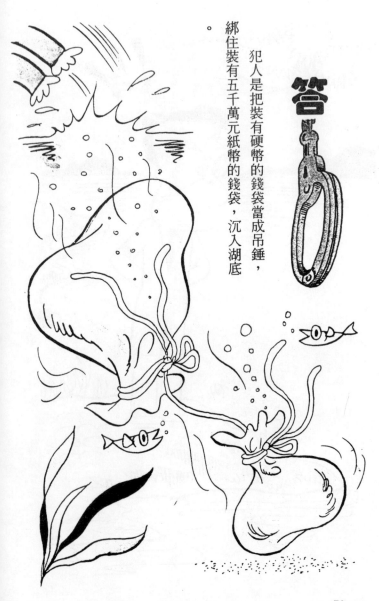

答

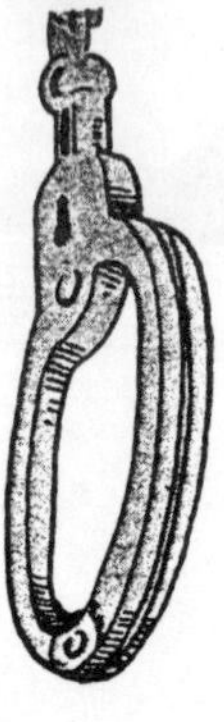

犯人是把裝有硬幣的錢袋當成吊錘，綁住裝有五千萬元紙幣的錢袋，沉入湖底。

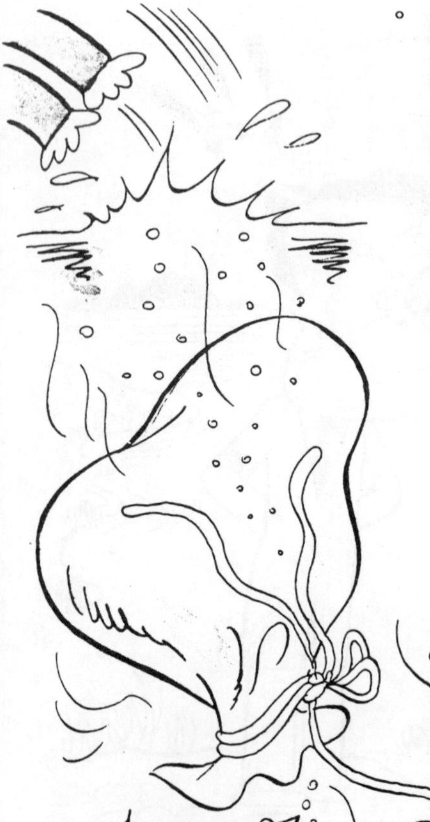

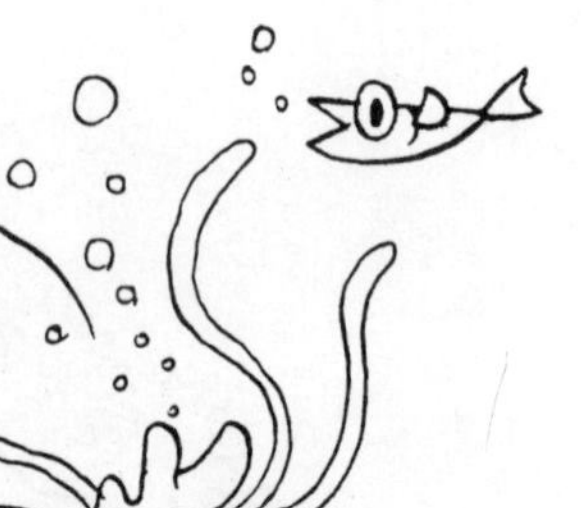

18 拯救無孤的殺人嫌疑犯！

業務經理安仁慈因爲精明能幹，部屬們各個對他敬畏三分。

安仁慈最近發現部屬金雄似乎有盜用公款之嫌而感到擔憂，如果事實眞如自己所預料，自己也要擔負責任。安仁慈覺得不放心，某天晚上到金雄的家裡拜訪。

他敲了金雄家的門卻沒有回音，於是逕自打開門。結果發現金雄赤裸著上半身滿頭鮮血地躺在門口附近。

那是個燠熱的夜晚，似乎是赤裸著上

半身乘涼時被人殺害。安仁慈慌張地趕緊逃開。因爲，他擔心被扯入兇殺案中。

但是，警方隨即到安仁慈的住處搜查。安仁慈雖然想向刑警辯解卻沒有不在場證明。

安仁慈被認爲是可疑的嫌犯之一，但是，碰巧輪到休假的警官在報紙看到這個案件時，打電話給負責此案件的刑警說：

「安仁慈是無辜的！」

那麼，警官是以何道理拯救這個無辜的男人……？

答

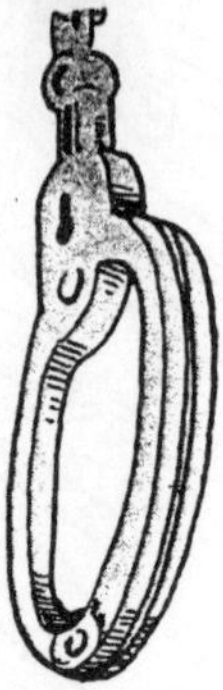

他覺得金雄赤裸著上半身非常可疑。

因爲，公司的上司前來拜訪時，不可能會赤裸著上半身前去開門吧！

福爾摩斯

這個偵探的名字彷彿是推理小說的代名詞，大概沒有人不知道吧。作者是英國的可南・德意魯。

福爾摩斯出生於一八五四年英國的農村，長大成人後到倫敦遇見他的老搭檔華德森博士。小說中的福爾摩斯所具備的知識非常偏頗，對於文學或哲學幾乎一竅不通。換言之，是個十足的理科人物。有時爲了尋求精神上的刺激而使用迷幻藥，在性格上是相當怪異的一位名偵探。

其問世之作是『緋色的研究』，而最爲暢銷的是『四個署名』。

19 仇殺案件的現場

欲元老先生在自宅的客廳被殺了。他是著名的侵占公司的幕後主腦人物，不知有多少人因爲他的詭計而流落街頭。

案發現場的狀況是穿著浴衣的老人趴在地上，身旁有一把菜刀，四周一片血海。死後似乎已經過兩天。

這位老人唯一的興趣是圍棋，面對庭院的走廊擺著棋盤和報紙。

案發當時似乎是根據報紙上的名人棋局下圍棋。

刑事局的名警官環視周遭狀況後嘟喃地說：

「這是個僞裝殺人案，老人並不是在這裡被殺的，是在他處被殺後移屍到這裡的……」

那麼，警官是根據什麼理由拆穿這宗僞裝殺人案呢？

答

他看見擺在棋盤上的圍棋並且調查了報紙。結果發現棋盤上的棋局和報紙上的一模一樣。但是，報紙是前天的日期，兩天前死亡的老人不可能在前天下圍棋吧。

第二章　間諜混戰案件記錄

1 女商業間諜的報酬！

莉香是個優秀的女商業間諜。尤其在汽車業界她的手腕鼎鼎有名。

這次她又很成功地在暗中拍下敵對公司的新車測試過程。他把膠卷藏在胸口前往機場搭機回公司。

翌日，莉香在雇主的公司總經理室，她想像著報酬支票上的數字到底是幾位數時忍不住發出微笑。但是，總經理卻脹紅著臉出現，把剛沖印出來的照片丟在莉香眼前說：

「妳被炒魷魚了！」

那麼，莉香的失敗在那裡……？

答

莉香藏在胸口的膠卷被機場透視檢查的X光線照到了。因此，膠卷曝光所拍攝的景物全看不見了。

要預防這一點可使用鉛薄紙製成的底片包裝紙包裝即可。

2 我不是叛徒，我是無罪的！

M一〇一號本來是個諜報員，但是，因爲某個誤會被冠上「叛徒」的罪名，被組織追緝中。

但是，在五年的逃亡生涯中，他找到可以洗清自己冤屈的男人。

那個男人在一個小巷裡經營古董店，M一〇一號經過數天的觀察得知組織尚未把他列入搜查的對象。

他暗自竊喜終於有人可以洗清自己的罪名，而前往古董店拜訪。但是，命運捉弄人，這幾天古董店的老闆因爲宿疾惡化將不久人間，但是，不知是否是M一〇一號的哀求打動他的心，古董店老闆交給他一支形狀奇怪的小鑰匙。

古董店老闆氣若遊絲地說他把證據做成了文件，說完後就斷了氣。

M一〇一號拿著鑰匙環視房間的景況，可以用鑰匙打開的當然是金庫。但是，不知古董店老闆的興趣是否是收集金庫，房子裡有無數個大大小小、新舊不一的金庫。

如果不趕緊找到文件，組織的追擊者不久將會來到這裡。他必須趕緊用這把鑰匙找出文件。那麼，文件到底放在那裡呢……？

第二章　間諜混戰案件記錄

答

藏在冰箱上的罐頭裡。利用打開牛肉罐頭的要領開罐，因爲這把鑰匙並非一般的鑰匙。

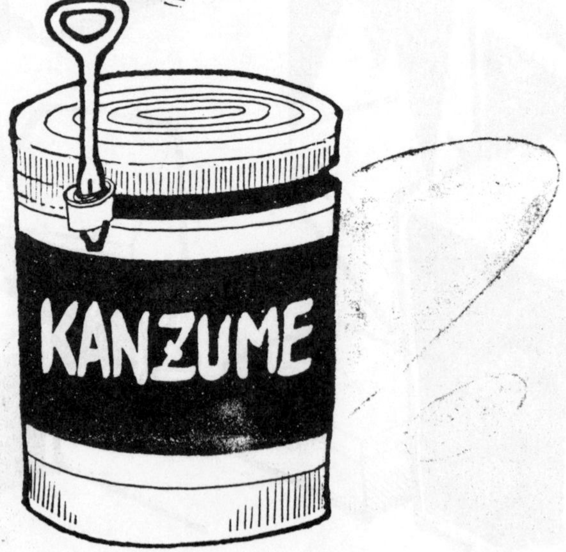

3　亡魂可殺人復仇嗎？

「黑狗陳」是位冷酷的殺手，他出任務從來没有失誤過。也許是因爲他非常小心謹慎，所使用過的手槍絕對不會再用第二次。

不過，黑狗陳這次的任務有些棘手。因爲，雇主叫他殺人卻要僞裝被害者是自殺的樣子。

他在工作之前仔細地保養這次所要使用的槍。對他而言，他比較喜歡一觸即發的板機靈敏的手槍，而這次用的手槍則顯

得有些遲鈍。他內心嘟喃地說：

「這次可要數落一下送手槍的人。」

然後他把手槍分解，利用銼刀把板機改造成一觸即發的情形。

工作非常簡單，在狙擊的某公司董事長的自宅客廳一槍就把他殺死了，同時把指紋擦乾淨。再讓董事長的右手握住手槍，這樣就可讓人以爲董事長是因爲公司將要倒閉而自殺，不會懷疑是他殺。

他抽了一隻煙後把煙蒂上的火慢條斯理地熄掉，再放進自己的口袋。打開門時……不知何時竟然下起了他最討厭的雨，他又回到客廳坐在沙發上。

他已決定今天晚上住在這裡，幸好這

個董事長是獨居，他想到明天早上雨大概就會停吧。他面對董事長的屍體從書架上拿出一本雜誌悠閒地閱讀起來。從這裡即可充分地發現他是多麼地冷酷無情。

但是，隔天清晨從董事長家裡傳來一聲槍聲，警方接獲碰巧經過該處送牛奶的少年的報案後趕到現場，發現黑狗陳躺臥在沙發上，胸口全是血跡。

他到底是被誰所槍殺的？是與其敵對的另一個組織的殺手……或者是董事長的亡魂……？這個命案的眞相是……？

答

黑狗陳是被董事長所射殺的。一般死後在二、三個鐘頭後會呈現僵硬，而四、五個鐘頭後僵硬的情況才到達上半身，黑狗陳把板機靈敏的手槍讓董事長右手握住才造成了這個意外。

4 不要把機密文件交給敵人！

產業間諜到底是把機密文件送給那一家？如果各位知道的話，也許雇主會給你更多的報酬喔！

佐栗是偵探社的秘密調查員。這次所接獲的工作是跟蹤產業間諜。他只要確認所跟蹤的男子確實是把盜自公司的文件拿到另一家公司的董事長住處，就可獲得鉅額的報酬。

某一個夏日午後五點左右，目標的男子離開了公司，佐栗拿著照相機尾隨在後。當然，爲了製做事後的證據，在跟蹤途中拍了數張照片。那麼，依序附帶三張佐栗暗中拍下的照片。

A
C
公司
B

答

夏天午後五點，太陽應該正朝向西方，從照片中男人腳下的倒影推理，應該首先往西方前進，接著朝向南方，最後按大門朝向南方的一戶人家的門鈴，因此，購買機密文件的是C董事長的住處。

布朗神父

神父兼偵探的確是個非常稀奇的角色。布朗神父曾經擔任監獄禮拜堂的神父，和犯罪案件多少也有關係。神父一頭棕色的頭髮，圓滾滾的鼻子和一對大眼睛。在幹偵探這一行的人當中顯得很特殊而帶有幽默感。

個性老實、平凡，只要穿上神父的服裝尤其顯得和藹可親，似乎和周遭任何人都可以打成一片。而其註册商標是頭上一頂帽子和隨身攜帶的洋傘。其偵探的方法不根據理論而重視自己的直覺。創作神父的生父是G·K·傑斯塔頓，是個極具諷刺感的英國人。

5 找出敵對公司的女間諜！

M食品公司創立以來的慣例是每月一次招待家庭主婦聽取她們對公司產品的評語。今天被選中的主婦是蘇、鄭、林三位太太，而公司方面則由董事長、專務、經理三人參與這個會議。

但是，三名主婦中有一名是敵對公司派來的間諜。她們各自坐在有號碼的位置上，請找出三個主婦中那一個是產業間諜。同時，最好能指出每個人所坐的位置！

爲了供各位參考，下面摘記間諜在會議途中上洗手間時所說的幾句話：

「我的正面坐著董事長。」

「專務和蘇太太並排在一起。」

「公司代表和主婦代表穿插著坐著。」

「從我的位置可清楚地看見部長白襯衫的右手……。」

「我的座位號碼比蘇太太的小。」

第二章　間諜混戰案件記錄

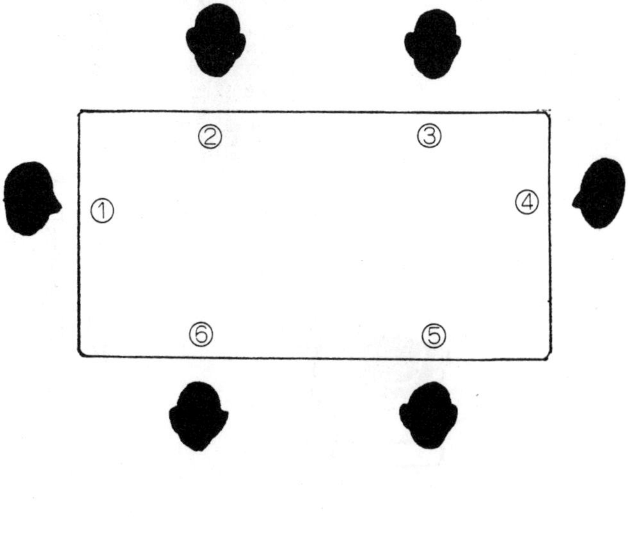

答

如圖所示，各自坐在自己的位置上。
產業間諜是坐在①號位置上的林夫人。

6 雙重間諜的悲慘末路！

大安雖然經常開著高級轎車到處兜風，事實上是黑道的情報員。但是，由於貪得無厭而出售雙重情報，結果遭兩個幫派的殺手追殺。

面對大安的屍體，和大安生前熟稔的刑警認爲這也許是雙重間諜的當然下場。不過，那眞是殘忍的手法。大安似乎是在自宅的房間裡被人用手槍由口腔內射擊，整個後腦部潰爛。

但是，不可思議的是後來發現牆壁上卡著一顆子彈，但是，彈孔上卻掛著本來掛在別處的一幅複製的匾額。

大安的家雖然是獨棟房子，不過，碰巧有行人路過聽到槍聲，立即向警方報案。所以，離搜查陣趕到現場並沒有花太多的時間，兇手是爲了什麼樣的目的動這樣的手腳呢？

經過鑑定的結果，行兇的手槍是由華爾莎—PPK32口徑所發射的。

經過深入調查，大安也許是察覺到被

兩個幫派狙擊的危險，從三天前就把自宅的玻璃窗改裝成防彈玻璃。

以下說明兩個殺手的特徵以供參考。

那麼，殺死大安的兇手到底是誰……？

另外，殺手之間不會有槍支的借貸行爲。

Ⓐ
華爾莎—PPK32口徑
有不在場證明
Ⓑ
S・W38口徑
沒有不在場證明

答

兇手是B使用S・W38口徑的殺手。

請回想三天前大安把家裡的玻璃窗全改成防彈玻璃的事情。換言之，在此之前大安被A殺手所狙擊，結果，子彈沒有射中目標陷在牆壁上。

大安感到生命的危險而把玻璃改成防彈玻璃，同時，覺得牆壁上留著彈痕不美觀，而在上頭掛一幅複製畫的匾額。

得知這件事的B殺手，巧妙地利用這個彈孔佈下陷阱，那麼B的S・W38口徑所發射的子彈的下落呢？

其實本來就沒有子彈。如果從口腔內對準發射時，不必子彈只要利用空砲的氣壓就足以置人於死地。

艾爾基爾・波瓦洛

這是懸疑小說女王艾賈莎・克莉斯汀所創造出來的名偵探。是一位身材瘦小卻時髦，被稱爲「灰色的腦細胞」的比利時人。少年時代吃了不少苦，不久當上警官，精明幹練親手解決許多懸案而聲名大噪。退休後由於戰爭以難民的身分跑到英國。最初所解決的案件是「史太魯茲莊的怪事件」。偵探的方法以重視其直覺爲特長。他所解決的案件不計其數，最具代表的是「阿克羅德殺人事件」、「東方特快車殺人事件」。

7 超級間諜魂歸西天

大間諜可亞克先生被發現慘死在Q飯店的房間內。可亞克住在三樓的房間，他躺在窗邊，頭部都是鮮血。似乎是被鈍器擊中頭部當場死亡。

窗戶敞開著，窗簾在風的吹拂下搖擺。有關人員在現場進行嚴密搜查也沒有發現任何可疑的物品。

由於大家並不知道可亞克是間諜，因此，這個案件並沒有引起媒體的大肆報導。但是，如果可亞克所拿的重要文件落入敵國的情報機關之手，事態就嚴重了。

那麼，可亞克到底是怎麼被殺的呢？請做一番推理！

答

可亞克可能是接獲假情報以爲是要探出窗外注視下方做爲連絡（譬如樓下有連絡員），結果被人從飯店的頂樓用綁著繩索的大石塊擊中頭部而亡，兇手在行兇後立即把做案的石頭拉上去。

8 間諜不允許有所差錯！

諜報員M69被人綁住手腳而倒臥在自宅廚房的地板上兩個多鐘頭。

他雖然拼命地想要掙脫繩索，奈何對方也是行家，綑綁的繩索並無法輕易地鬆開。由於今天回到自宅時稍有疏忽，而被潛入在自宅裡的敵方間諜所制服。

敵方把M69號綁住並用東西搗住其口後，徐緩地環視房間的景物，找到暗號的解讀表後帶著輕蔑的笑容離開房間。

這時，他把電燈關掉，使得房間一片

漆黑。如果不趕緊鬆掉手腳的繩索通知組織，己方的行動將完全曝光。

這時M69號想起和敵方間諜格鬥時，廚房桌上的水果刀掉落在地，如果能拿到水果刀就能切斷繩索。

但是，一片漆黑中根本不知道水果刀掉在那裡。當然，他也無法走到開關的地方。那麼，他如何才能找到水果刀呢？

答

爬到冰箱旁邊用肩膀打開冰箱門。這時，藉由冰箱裡的燈光就可看見地板上的東西！

9 敵方間諜也把老人幹掉了！

諜報員K8號接獲消息趕緊前往山莊，那座山莊的主人是退休的老間諜。

老間諜在桌上留著遺書橫躺在床上，頭部被槍彈貫穿，似乎是自殺。

但是，K8號看了現場的狀況後立即判定這不是自殺而是他殺。

其原因是？

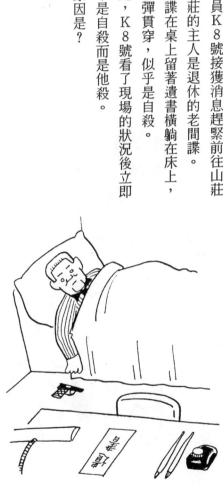

答

從桌上的檯燈和筆的位置看來，老闆諜是左撇子，但是，床上的屍體是以自己的右手握槍射擊自己的腦部，左手放在棉被下。

Ｋ８號覺得這一點非常可疑。

10 視破敵方間諜的偽裝！

諜報員X17號在汽車入口等候連絡員，這次的連絡員是貨車的司機。

看手上的照片，那是個戴著棒球帽顯得和藹可親的男人。

燠熱的夏日，在汽車入口卻擠滿了趕著到外地渡假的人潮。不久，來了一輛大型的貨車，出現在X17號面前的男人和照片的男人非常相似而且知道暗號。

但是，當那個男人不經意地拿開棒球帽時，X17號覺得這個男人只是和連絡人

長的非常相像的敵方間諜，於是給他假情報而突破難關。

那麼，他是怎麼看出僞裝者呢？

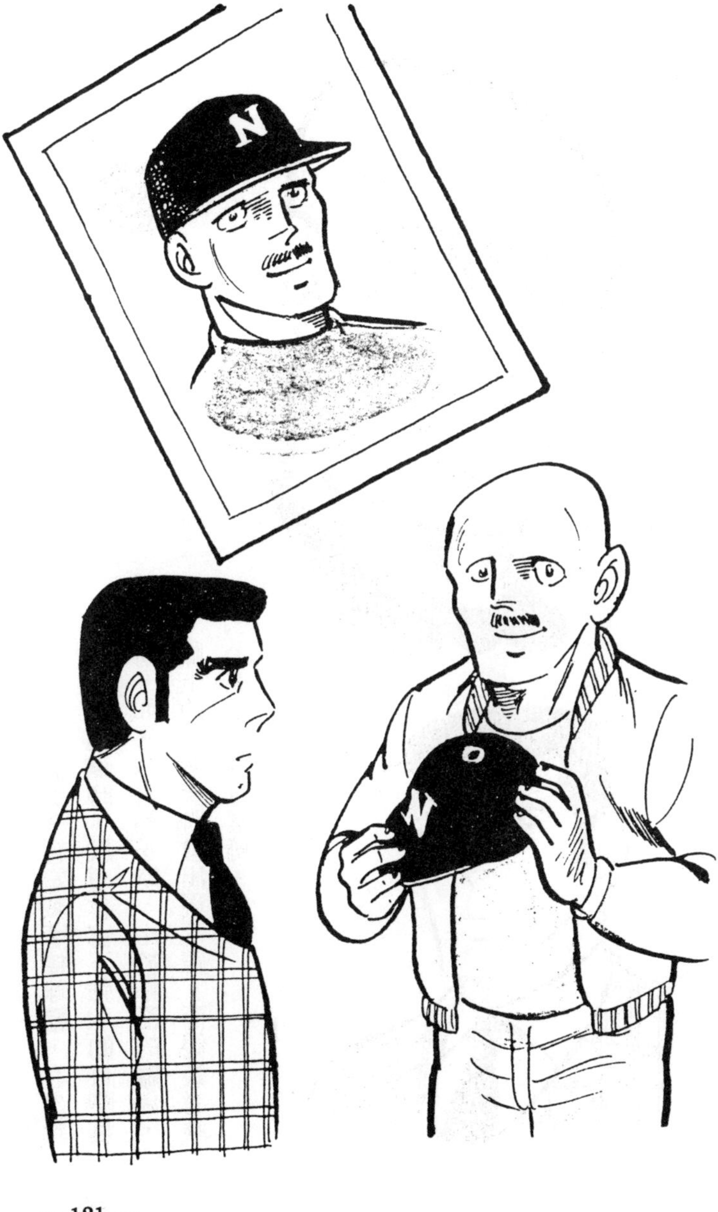
N
N
O

答

連絡員似乎經常戴著棒球帽，在炎熱的夏日開車時，肌膚會留下強烈的日曬痕跡。如果戴著帽子時，由於帽沿的關係，臉上的日曬痕跡會出現落差，而僞裝者臉上並沒有落差痕跡。

第三章　歹徒犯罪手記

1 貨幣商被突襲案件

貨幣商藏前屋發生大事了。因爲，老闆幸右衛門和掌櫃忠七從昨天中午前往收款後就沒有回來。

名捕快平三老大聽到風聲趕緊來到店裡。這時，碰巧掌櫃忠七跌跌撞撞地衝進店裡。

據忠七所言，昨天晚上在收款的歸途遭搶犯突襲。幸右衛門在河邊被砍殺，而忠七被綁住踢倒在地，好不容易掙脫身上的繩索後掙扎地逃回店裡。

平三聽完忠七的證言後率領店裡數名夥計立即趕往河邊。

河邊一帶極爲偏僻，是一處人煙罕見的地方。正如忠七所言，發現了幸右衛門的屍體，地上留著忠七被綑綁的繩索以及堵住其口的手巾。

但是，平三老大看了現場的狀況後，立即拆穿了忠七的謊言。當然，忠七以刺殺主人的罪名被捕。那麼平三得知案件眞相的理由是什麼？

河邊
燈籠
繩索
幸右衛門
手巾

答

因爲燈籠沒有燒毀。如果燈籠點著火而傾倒時會立即燒毀。

這麼看來，幸右衛門是在白晝被殺的。

犯罪手法卡

世界上有各式各樣的人，每個人多少都有其獨特的僻性，調查犯罪現場常可發現這種個人獨特的僻性。譬如，闖空門時只要觀察所運用的手法是否類似即可判斷是否是同一個犯人所為。另外，有些犯人在做案前後有其獨特的僻性。譬如，在做案前會數度到現場勘查或每次都從後門逃跑等。

把這些慣犯的犯罪手法分類、整理而成的就是犯罪手法卡它彷彿是犯罪手法的戶籍一樣。從前的刑警要一一地調查每張犯罪手法卡，再找出與該手法類似的犯人。不過，現在全都已電腦化。犯人若使用類似的手法則難逃法網。

2 寶藏圖隱埋作戰

金藩本來是個貧窮的諸侯。但是，在其領內的岩山發現了金礦，據學者的調查，其中所隱藏的金礦多得不計其數。

當然，如果讓幕府知道這個消息，一定被霸佔。

因此，金藩決定暗中開發金礦。但是，發生了一件重大的事情。

因爲，幕府的線民得知金礦的位置，已做成地圖帶在身上要送往幕府。因此，金藩在通往外地的各個道路設下關卡，採取嚴格的搜查，只要是可疑的人即使將之赤身露體也要查個清楚。

當然，女人也會由女調查員做同樣嚴厲的搜查。這時，有一個看起來似乎是江戶的商人來到關卡正要通往其他領地去，他帶著鑑識牌，連鬍子也被撥開來查的一清二楚，卻沒有發現地圖。

但是，這個男人正是幕府的線民。請代替發現金礦從此可坐享清福的金藩將軍，找出金山地圖的藏匿處。

答

幕府的線民是用刺青把地圖刺在頭皮上，除非剃掉頭髮，否則怎麼找也找不到。

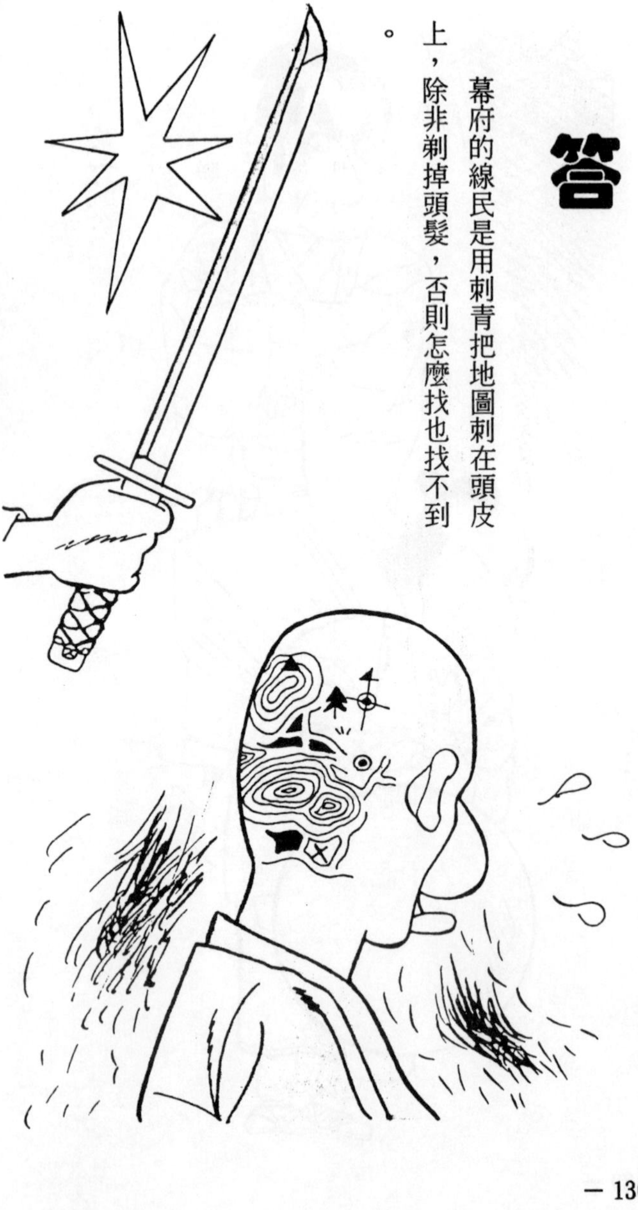

帳目不對的蠢蛋

與兵衛和拔作是懶惰的一對挑夫。他們覺得挑夫賺不了錢而決定開始做些生意買賣，碰巧正值三月的花季。二人把所有的財產湊合起來買一樽酒。他們決定以一杯五文錢的價格把酒賣給賞花客。於是，二人趕緊扛著酒樽出去兜生意。

但是，與兵衛在途中撿到五文錢之後事情就不妙了。當他們好不容易到達賞花的名勝地後，兩個人都喝得酩酊大醉，酒桶裡的酒已空空如也。一名碰巧來賞花的朋友向他二人搭訕。

二人說他們一路上做著生意前來，但是，二人手中只拿著價值一杯酒的五文錢，怎麼有這種事呢？

（答在本章最後）

3 金塊偷渡計劃

當天，三個男人住宿在上州屋的旅館，他們是前幾天敲破城裡土窖盜取金塊的盜賊。

這些金塊似乎是做爲賄賂使用，在市面上並不會被取締。

但是，若要把它帶出城外，據說官防的檢查極爲嚴格。

三名盜賊心想：如果現在急著把金塊帶出城外一定會被逮捕，不如三人在這個城裡找一分正當的職業，等待時機再把金塊帶出城外。

這三人各有其才藝，分別是畫師、冶鐵匠、裱裝師。

一年後，這三人瞞著官防官差的耳目平安無事地把金塊運出城外。那麼，方法是……？

裱裝師
冶鐵匠

答

金的延展性極高，可拉得極薄。首先由冶鐵匠把金塊熔化變薄，塗在裱裝師所做的屏風紙門上，然後再由畫師在塗有金箔的紙門、屏風上畫上圖畫。

如此反覆數次，把金塊薄膜所製成的紙門等運到城外。

4　怪盜達七的詭計！

大江戶數一數二的和服批發商東增屋吵翻天了。

因爲，聽說怪盜達七正覬覦當代將軍送給東增屋的黃金茶甕。

從那天開始，由店裡每三個人組成一組輪流看守放茶甕的房間。

但是，某天晚上擺放黃金茶甕的房間裡的蠟燭突然熄了火，房間裡一片漆黑，看守者大爲驚慌，趕緊從屋裡跑到外頭高聲地呼喊主人。

當主人拿著燭台趕到房間時，愕然地發現黃金茶甕已經不見了。而且，牆壁上還掛著一幅紙簾，上頭寫著「承讓了。怪盜達七」。

毫無疑問地是怪盜達七把蠟燭熄滅的，不過，連風也跑不進去的緊密房間，又有三名看守人，他是怎麼把燭火吹熄的呢？

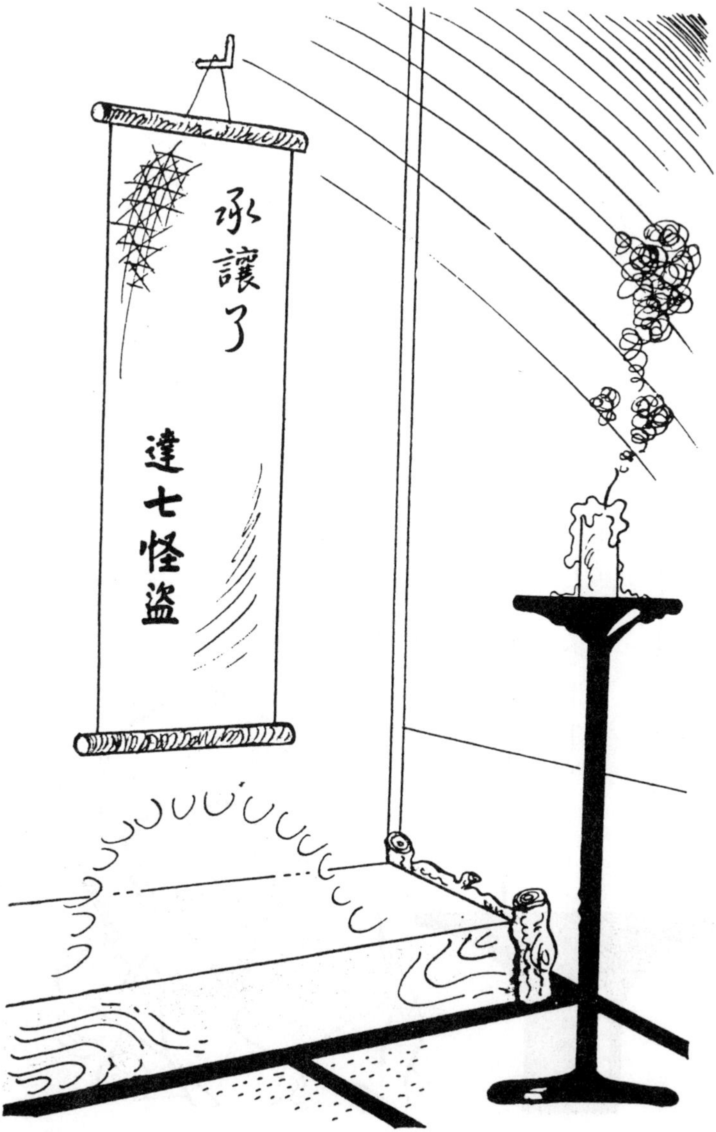
承讓了
達七怪盜

答

怪盜達七事前在蠟燭上動了手腳。如圖所示把燭芯拔掉了。

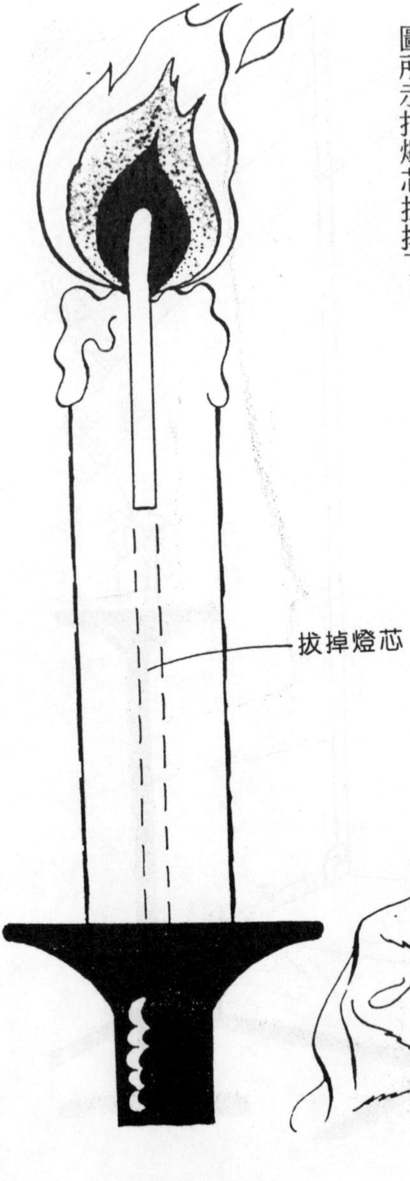

5 雪地溫泉鄉兇殺案

那年冬天，平三老大帶著宿疾惡化的母親到溫泉鄉療養，在一片雪景中浸泡在溫泉裡眞是無比的享受。

以孝親爲名又可享受泡溫泉的快感，平三老大快樂得不得了。

但是，快樂只是短暫的，他可沒辦法閒著。因爲，這個溫泉鄉發生了兇殺案。

當地的大富翁在一棟空屋裡被殺了。通往空屋的雪地上留著往來行人的足跡。那是發現者五助的足跡。以下是平三老大

和五助的對話。

五助：「是這樣的，我有時會到那棟空屋裡住宿。反正又沒有人住……」

平三：「喔……那麼，你發現大富翁在那棟房子被殺了囉……」

五助：「是的……嚇死我了……」

平三：「別說謊了，你是在某處將富翁殺害奪取金錢，再把屍體運到那棟空屋裡的吧！」

平三老大何以立即拆穿五助的謊言呢……？

答

因爲通往空屋所留下的足跡較深。

換言之，五助是揹著屍體前往空屋再佯裝是發現者而來通報。

6　消失的翡翠玉的行蹤？

七天前，米商和泉屋發生了搶案。不過，捕快平三老大正好和老闆孝兵衛下著圍棋，因此，搶犯不久就被逮捕了。

但是，盜匪被捕之前不知把盜取的和泉屋傳家寶翡翠玉藏在何處。雖然在家中拼命地搜查，卻仍然沒有發現翡翠玉。

搶犯不可能把它帶到戶外，也沒有其他的同夥，一定是藏在家中的某處。

孝兵衛一臉黯淡的神情澆著庭院的盆栽。除了傳家寶翡翠玉失蹤之外，連心愛

的萬年青盆栽這幾天也顯得黯然失色，似乎將要枯萎。

請代替平三老大解決孝兵衛所遭受的兩個不幸吧！

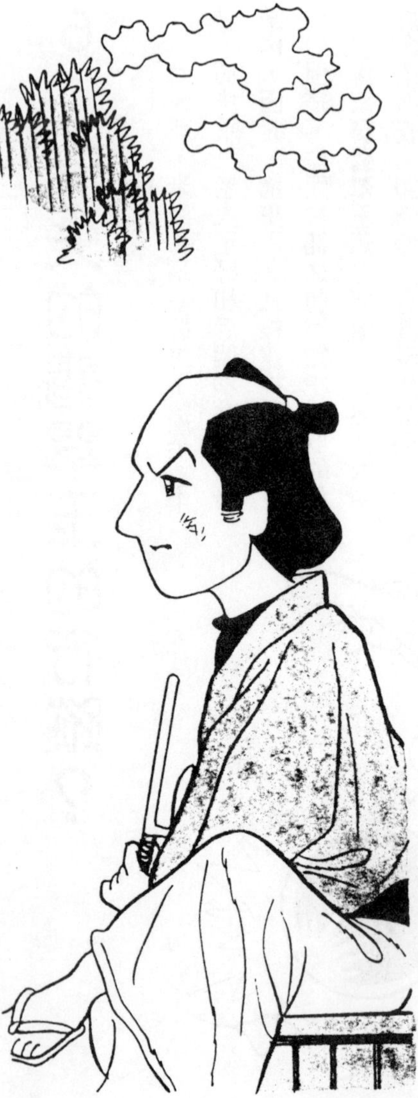

答

盜賊是把翡翠玉藏在萬年青的根部。

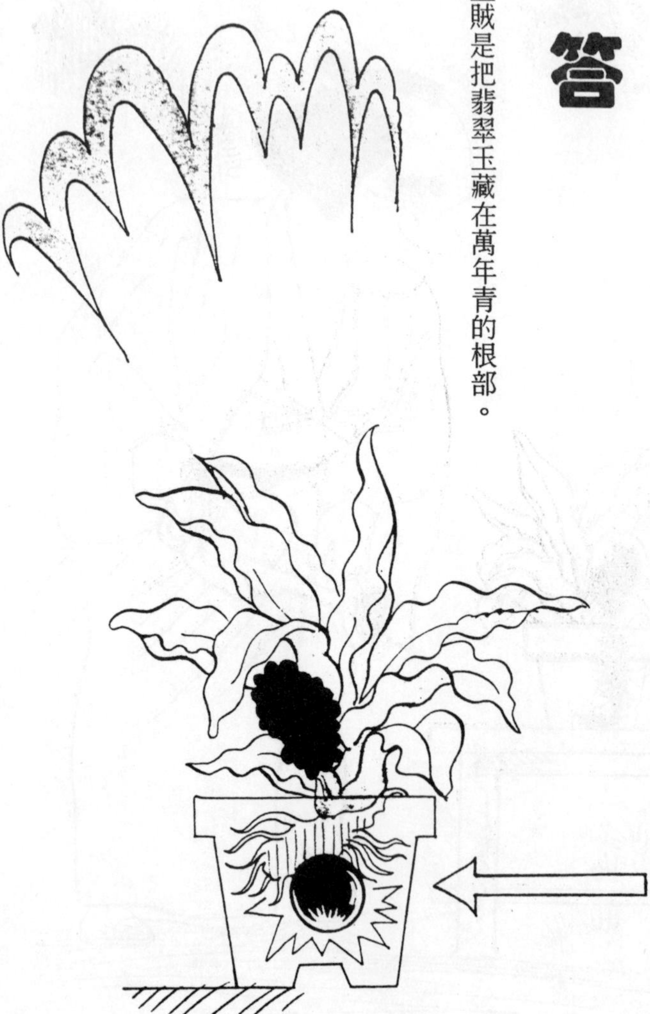

7 土窖密室刺殺案件

銀貨商藏前屋的老闆金兵衛被人發現死在自己的土窖中。金兵衛的背部插著一把細長的長刀，地上留著一把木劍套。

兇手似乎是趁金兵衛算帳時從背後將他刺殺。

但是，不可思議的是土窖是完全密閉的狀態。處事慎重的金兵衛進入土窖後，必定會將土窖從裡側上鎖。

根據發現金兵衛屍體的掌櫃所言，據說發現時門上確實上了鎖。

當然，掌櫃是因爲老闆金兵衛進入土窖後一直沒有出來覺得可疑而和店裡的人一起用副鑰匙打開窖門。

名捕快平三老大接獲通報後趕緊前往現場，仔細地調查土窖內的狀況。土窖裡只有一個採光的天窗，而且，窗外架著鐵條，人不可能從窗口出入。連名捕快也搞不懂其所以然來。

那麼，請仔細觀察現場的圖，推理一下金兵衛是怎麼被兇手殺害的？

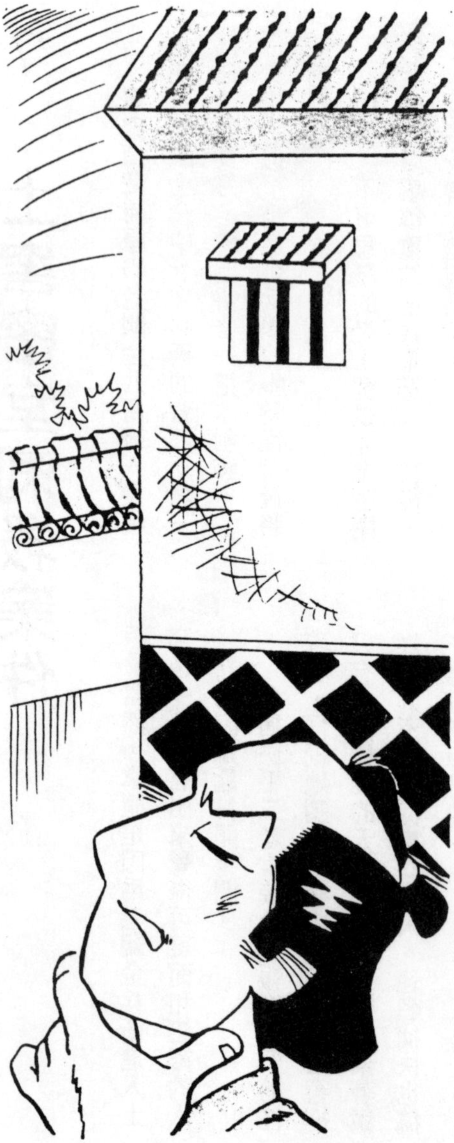

答

兇手是從採光的窗口把刀架在大型的弓上將金兵衛射殺。

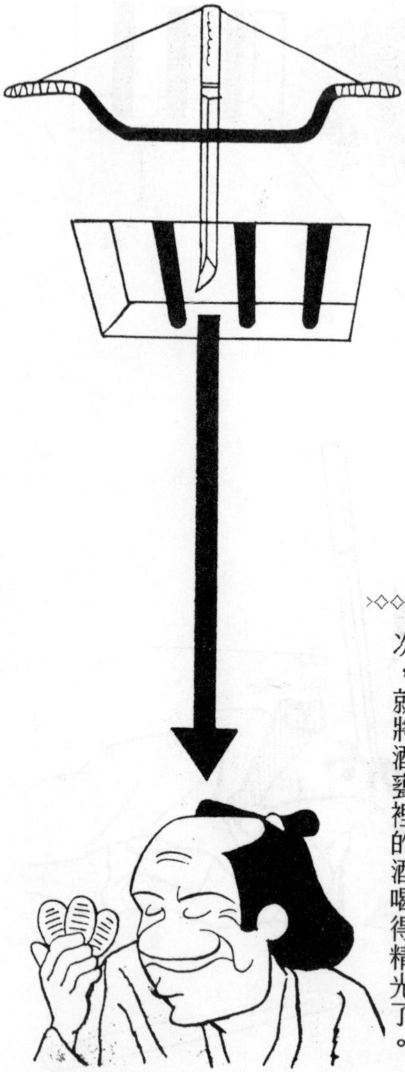

●帳目不合的蠢蛋●答

從與兵衛撿到五文錢就出現差錯了。因爲，與兵衛先用五文錢向拔作買了一杯酒。拿了五文錢的拔作再用這五文錢向與兵衛買酒。如此反覆數次，就將酒甕裡的酒喝得精光了。

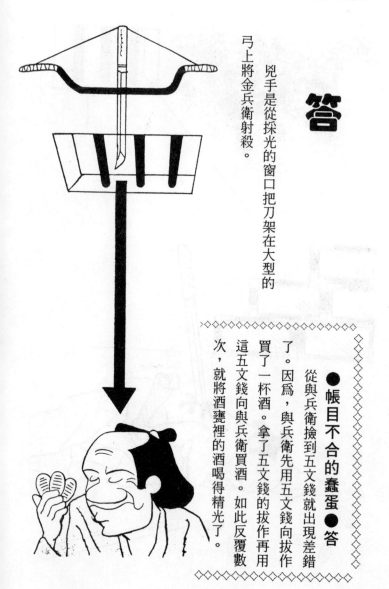

第四章　推理作戰解讀備忘錄

1 誰應該拿到殺人的報酬？

黑道老大加保根那個並不太靈光的頭腦有些搞糊塗了。因爲，前幾天他委託兩名殺手做了一個案子。

工作簡單的就完成了。當天想要支付酬勞時，兩名殺手都堅稱是自己動手殺人而互不退讓。

一名殺手是毒殺專家，另一名殺手則是槍擊的高手！

加保根再一次打開今天的早報，上面如此記載著：

「被害者的公司董事長手拿著玻璃杯躺臥在地，臉上泛著鮮豔的紅色，38口徑的槍彈射中心臟……」

那麼，加保根應該給那一個殺手報酬呢？

答

是毒殺專家的殺手幹的。

被害者臉上呈現鮮豔的紅色乃是被氰酸鉀系的毒藥毒殺的證據，這稱爲生體反應。

不過，如已死亡的人不會出現這個症狀。名槍手是在已被毒死的屍體身上又加了一槍。

2　詭異的復仇恐嚇函

A、B、C三人目前都是公司的董事長。但是，他們在年輕時代都是想盡辦法鑽法律漏洞的人。

而這三人共有一個不堪回首的過去。當時這三人還有一個叫做D的夥伴。由於分贓的糾紛，把他丟棄在雪山中。

某天晚上，這三人神色黯然地在高級餐廳的一室密談。

似乎是那個D死裡逃生找到了他們三人，向他們三人各寄一張恐嚇函。恐嚇函

上寫著：

「因爲你們，我嚐盡了面臨死亡的一切痛苦與恐懼。所以，我也要一一地把你們折磨到死。第一個挑今年九歲的混蛋開始。九等於苦，趁這個時候好好地享受吧！」

A、B、C都不是九歲的小孩，已是中年的大男人，難道D因爲復仇心切而發狂了嗎……？

如果D之言屬實，他第一個狙擊的人是誰……？

（註：假設今年是一九九〇年）

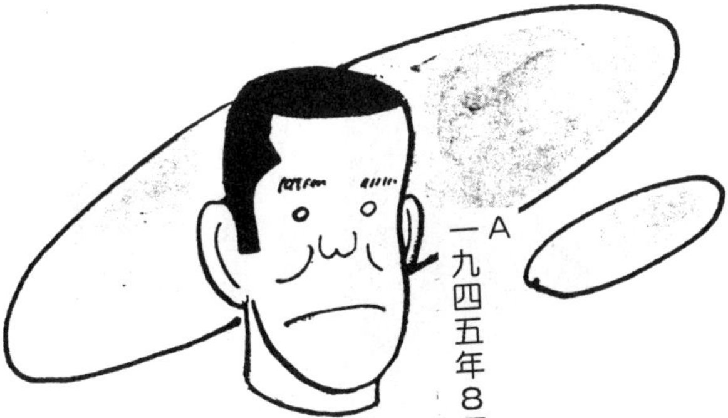

A
一九四五年8月生

B
一九四〇年2月生

C
一九四六年12月生

答

如果發現這三個男人中有一個是二月出生的人，可以說是名推理了。四年閏年一次，那年的二月會變成二十九天。換言之，二月二十九日出生的人可以說四年才長一歲。一九四〇年二月出生的B是在二十九日出生的，到一九八〇年剛好九歲。所以，第一個狙擊的是B。

3 密室毒殺之謎！

陳金城是放高利貸的人，他的唯一嗜好是存錢和偶而在自宅晚酌一杯。今天從事務所回到自宅公寓的途中，想起家裡的威士忌已經喝光了，而到酒坊買了一瓶特級的威士忌。

酒店的老闆是最後看到他的人。因爲，翌日他已經橫屍在自宅內了。

死因是氰酸鉀的中毒，房間是完全的密室，桌上擺著剛開瓶的威士忌和兩個玻璃杯，其中一個玻璃杯裝著加冰塊的威士

忌酒，另一個杯子只有水。而兩個玻璃杯內都含有氰酸鉀。根據搜驗組的判斷，是一個不會飲酒的訪客把陳金城給毒殺了。

但是，若是如此則無法說明訪客所喝的玻璃杯上爲何含有氰酸鉀的疑點，而且，現場是完全的密室。請利用你的推理能力解開這個案件的眞相吧！

另外，把一張陳金城在世時的照片提供給各位參考。

第四章　推理作戰解讀備忘錄

答

兇手是在金城死前數天趁隙潛入陳金城家中在其冰箱的冰塊中下毒藥。從照片就可明白，陳金城在調製加冰塊的威士忌酒時，會把冰塊放在平常的玻璃杯上。所以，會留著一個只裝清水的玻璃杯，並不是有其他的訪客。

捕捉獨角蟲行動！

在屯高山上有許多獨角蟲。但是，只有屯家村的五個少年知道有那些獨角蟲。

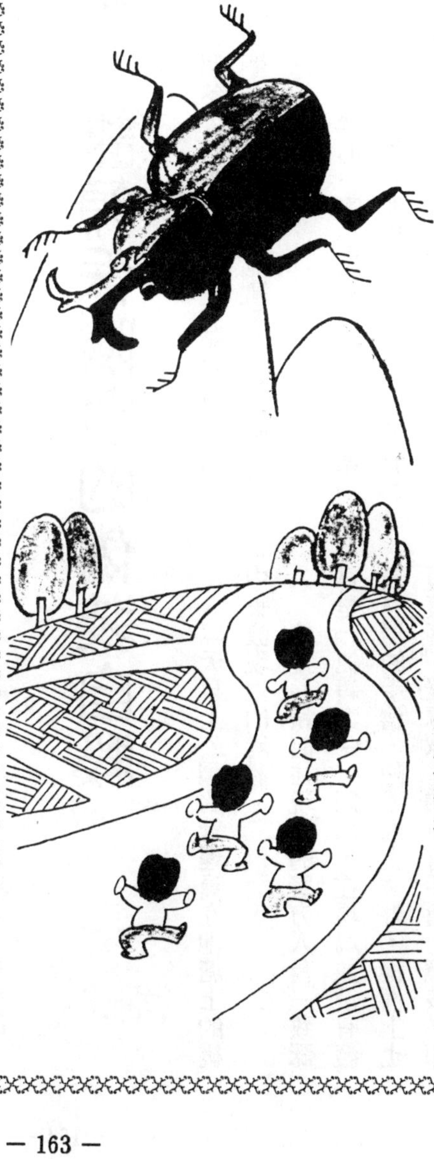

現在，這五個少年五分鐘捕獲五隻獨角蟲。若要在一個鐘頭裡捕獲六〇隻獨角蟲，必須再帶幾個少年前來呢……？

（答在末頁）

4 詐領保險費的偽裝自殺

某個冬天的夜晚，在一個門禁已過而悄無人聲的市民公園的池塘邊坐著一個男人。

他所經營的一家小工廠因爲支票跳票而在今天倒閉了。他想到留給家人的只有自己所投保的壽險。因此，必須佯裝成他殺了結生命。

他思考了一會兒之後從口袋掏出手槍，對準自己的太陽穴徐緩地扣下板機。當然當場死亡。

隔天早上公園的管理員在池塘上的橋中央發現他的屍體。

接獲通報前往現場的警方人員一致認爲是「兇殺案」。因爲，在現場並沒有發現兇器的手槍，除了橋上之外，池面上也覆蓋著一層厚冰。如果有手槍，應該立即找得到。

那麼，這個男人是用什麼方法把手槍藏起來了呢……？

第四章　推理作戰解讀備忘錄

答

槍是掉在池塘裡。他把領帶鬆開綁住手槍，另一端綁著一塊石頭，同時把石頭放在欄竿外。

當扣下板機之後，手槍因石頭的重量從手中滑落到池中。池塘不是覆蓋著一層厚冰嗎……？他自殺的夜晚池塘上還沒有結冰。那一天最冷的寒流是從深夜到早晨侵襲那個城鎮。

5　幹殺手的人腦筋可要靈光啊！

我的名字叫做林英，我的職業呢？不要笑話是竊盜犯，你可不要小看我喔。這可需要相當的技術而且也有我們的尊嚴。

我現在的位置是……嘿嘿嘿，出了一點差錯正關在牢裡。昨天晚上又進來一個同樣出了差錯的夥伴，叫做圖鈍的吝嗇殺手。請你聽聽他所幹的愚蠢事吧。

圖鈍：「是啊，我右手拿著手槍威風凜凜地打開經理室的門。」

林英：「碰巧經理室內只有經理一個

人……」

圖鈍：「是啊，他背對著門正在聽辦公室裏的電話。我正慶幸他沒有看到我的臉，因此，立刻命令他放下聽筒。」

林英：「哦……」

圖鈍：「接下來十分鐘左右，我狠狠地教訓那個傢伙一頓……然後一槍就把他幹掉了。他到死還沒有看到是被誰殺的。」

林英：「這麼說來不是一切順利嗎？」

圖鈍：「幹掉他之後我才想起這傢伙手上一定戴著價值昂貴的戒子。」

林英：「原來如此，是想順手帶點旅

費嗎……」

圖鈍：「但是，怎麼找也找不到。最後只好放棄走出門外時，看到警車就在眼前……那個經理室是隔音設備，不可能會聽到槍聲，到現在我還不曉得是怎麼被捕的……」

泥作：「哈哈哈……」

我狠狠地恥笑了他一頓。各位，您是否知道這個愚蠢的殺手是怎麼被捕的嗎……？

答

被殺的經理在緊要關頭臨機一變，把自己的戒子拿下來趁著放聽筒時把它擺在聽筒下面，這麼一來電話就没有掛斷，他和殺手之間的對話被對話的另一端聽得一清二楚。

是電話的另一方向警方報的案。

6 拆穿偷窺狂的假面具！

一個寒冷的冬天夜晚，淑美對著因浴室的蒸氣而模糊的窗口大叫：

「看什麼！色鬼！」

原來有人在浴室的窗口偷看。最近，淑美家附近常有這類偷窺洗澡的事件發生。

聽到淑美大叫的父親趕緊繞到後面去，他看到一個年輕男子拼命地往前逃。

但是，那個男人的影子突然消失在位於巷弄裡的公寓附近，男人一定是逃進那

棟公寓裡。從外頭看來只有一樓的一個房間點著燈，其他房間似乎沒有人在。

父親決定到那個公寓拜訪。公寓的入口有一個管理員正在打掃，他說並沒有看到任何人跑進來，於是父親和那個管理員一起到那間點著燈的房間拜訪。

打開門時一名男子坐在桌前正寫著稿件。據說是電視的劇作家。他說因爲正在趕稿，一連五、六個鐘頭坐在裡頭一步也沒有踏出門外。

父親環視一下他房間裡的狀況，過了不久連同警官再度到這個房間來。當然，這個男人正是偷窺狂。不過，父親是怎麼拆穿他的假面具呢？

第四章　推理作戰解讀備忘錄

答

請看一下煙灰缸，裡面塞滿了一大堆的煙蒂，這個男人一定是個老煙槍。但是，父親發覺房間裡並沒有煙味。

所以，男人是從窗口跑出外面，沒有關窗戶就去偷窺女人洗澡。當然，被追趕時也是從窗口逃進屋裡。

7 尋找消失的項鍊！

山姆是個小氣的竊犯。聖誕節將要來臨，街上到處響著聖誕鈴聲，和赤貧如洗、饑寒交迫的山姆比較起來，往來於街上的人是多麼地溫暖而幸福啊！

百貨公司門口裝飾著一棵巨大的聖誕樹。山姆看了一眼後就橫過馬路，路盡處是家大寶石店，櫥窗裡放著許多華麗的項鍊。

看到這些美麗的飾品，山姆突然撿起路上的石頭擊破櫥窗一把抓住項鍊逃走。驚慌的店員及路人、巡邏中的巡警等紛紛在山姆後頭追趕。

山姆拼命地跑，但是，寡不敵衆的山姆終於被逮捕了。不過，怎麼搜索山姆的身上也找不到被竊的項鍊。

當然，山姆在逃跑時也沒有把它交給任何人。山姆故做玄虛地說：「我是藏在乍看之下找不到的地方……。」

那麼，山姆逃跑時是把項鍊藏在那裡呢……？附錄山姆在逃跑時的三張照片。

ABC

答

山姆是把項鍊丟在百貨公司的聖誕樹上。乍看之下彷彿是聖誕樹的裝飾品之一。

一〇〇分可不是做弊的！

文郎手上拿著一〇〇分的算術考卷從學校一路飛奔到經營水果店的家。他是想向平日一再地催促他用功的媽媽自豪一番。但是，媽媽在店裡面看著六個蘋果大傷腦筋。這六個蘋果中似乎有一個重量較輕，如果把它們混在一起出售會失去水果店的信用。媽媽打算一個個秤蘋果的重量，文郎看到這個情況，首先吹噓自己的考試成績一番，然後只利用三次磅秤就找出了比其他蘋果的重量較輕的蘋果。那麼，太郎是採取什麼樣的秤法呢？

當然，假設乍看之下並不知道蘋果的重量。

（答在末頁）

8 搶倉庫逃遁的智慧

馬五郎是搶倉庫的慣犯。

今天晚上他又潛入港口的倉庫把一大堆電器用品裝進大型卡車裡。但是，在逃亡途中碰到高架鐵橋而進退兩難。因爲，卡車上的貨物卡在橋底而無法前進。

如果重新裝貨恐怕會被巡警盤問，因此，馬五郎用極短暫的時間順利地穿過高架鐵橋下，平安無事地逃走。

那麼，他到底用什麼方法？

答

把輪胎的氣放掉一點。

9 臨時警備員的功勞！

羅多夫是位大學生，由於家裡寄來的生活費不夠，從數天前開始在超級市場擔任臨時警備員。

但是，第一天上班就看到一個年輕女子順手牽羊。那位女子做案後若無其事地打算走出店外，當羅多夫喊她時，她頭也不回地拼命往前跑。

不知她是否曾經參加田徑比賽，穿著馬靴的雙腳跑得何其快啊！羅多夫和正好路過的警員一起追趕那名女竊犯，女子逃

進某公司的女子宿舍。

宿舍裡住著三名女子，各個都歇斯底里般地叫著：「我根本不知情。」當然，羅多夫看到女竊犯逃跑時的背影，所以，立即知道那一個是順手牽羊的竊犯。

那麼，您知道附圖三個女子中那一個是竊犯嗎？

Ⓐ
不要亂冤枉人啊！
這件衣服是我買的哦！
Ⓑ
Ⓒ
我根本沒有離開房間。

答

竊犯是A的女子。

脫掉長統靴頗費時間。竊犯被追逐著跑進房間時，沒有時間脫鞋而穿著長統靴進屋。爲了避免讓人看見雙腳，因而佯裝在清洗浴室。

狐狸和獵犬那一個聰明？

狐狸小吉遺傳著母親的聰明才智。以往曾經無數次被獵犬追趕，卻都能死裏逃生。但是，現在追逐牠的獵犬可非同小可。牠拼命地跑著並想著有沒有什麼妙計。

眼前有一條河川，小吉渡過河川後把自己的足跡消滅。這可謂應急的妙計！獵犬那傢伙看到岸邊有狐狸的足跡，跟著渡了河卻找不到狐狸的足跡時一定嚇一大跳吧！小吉一邊跑著，一邊成功地把自己的足跡消滅。那麼，小吉所採取的方法是……？（答在末頁）

10 運輸船避免魚雷的轟擊

彼得已經退休，不過，在二次大戰中可是響叮噹的採訪攝影記者。

使他的名字一躍登天的是拍攝到敵軍潛水艇所發射的魚雷正要命中運輸船的霎那間的照片。危險的魚雷的航跡正筆直地朝向運輸船。

彼得今天又拿著那張照片向前來拜訪的朋友暢談當年的豐功偉績。

但是，朋友的兒子趁他不留意時，在照片上動了手腳。

他的理由是運輸船的人太可憐了。

彼得想發怒也氣不得，並且這麼說：

「你的小孩一定可以成爲優秀的軍人，只用一隻鉛筆在霎那間就拯救了數百條人命……」

那麼，請看附圖的照片推理一下那個小孩所動的手腳吧。

答

如圖所示，用鉛筆多畫了一筆。

11　要爲非作歹就不要留下痕跡！

明美是個轉學生。看到可愛模樣的她，運動社團的調皮搗蛋鬼立即前來搭訕。明美對他們不理不睬，結果放學時被這些搗蛋鬼堵住去路。

其中一個搗蛋鬼奪走了明美的書包，然後一一地傳遞她的書包。即使明美想要搶回書包也不還給她。

碰巧柔道三段的體育老師路過該處，那些搗蛋鬼抱頭鼠竄逃開。

明美雖然一五一十地把詳情告訴老師

，但是，她是轉學生並不記得對方的臉孔，根據老師的推理，這些搗蛋鬼是A籃球部、B棒球部、C橄欖球部中某一個社團的搗蛋鬼所幹的。

那麼，您認爲這些搗蛋鬼是屬於那一個社團呢？

答

搗蛋鬼是C橄欖球部的人。橄欖球的規則是不可傳球給在自己面前的人。

請看附圖，這些搗蛋鬼都遵守規則，眞是奇怪的搗蛋鬼。

12　光榮的選手說的謊言是什麼？

良雄是個極爲熱愛棒球連晚上睡覺也戴著手套的少年。當然，讀中學時加入棒球社團。

有一天，大學畢業正在就職的哥哥的朋友到家裡來玩。聽哥哥說這個朋友棒球打得很好，在鄉下的高中還曾經參加地區的青棒預賽的決賽。

以下是他們三人的對話。

朋友：「每次想到那一場球賽就覺得可惜，球賽延長到十八局，途中又碰到下

雨，中途停賽之後已經是下午四點左右……」

兄：「就是那場著名的十八局拉鋸戰吧！」

朋友：「是啊，我守二壘。本壘後方出現一道漂亮的彩虹喔！」

良雄：「十八局拉鋸戰……？」

朋友：「在十八局的上半局，我們得了一分。在二人出局二壘有人的情況下我打了一隻中間高飛球，結果對方的二壘手也許是太陽太過耀眼的關係，竟然漏接。所以擊出一隻漂亮的安打！」

良雄：「眞了不起，那不是成爲英雄了嗎？」

朋友：「但是，在下半局我們的投手被攻進了兩分，結果以一分之差敗北……」

良雄：「啊……眞可惜啊……」

哥哥的朋友又說了許多棒球的得意往事才回家。

良雄事後回想起來覺得哥哥的朋友所說的話似乎有些奇怪。

事實上他說了一個大謊言。那麼，他的謊言是……？

四 五 六 七 八 九
H

答

根據哥哥的朋友所言，在本壘的後方出現了太陽和彩虹。但是，彩虹應該是出現在與太陽相反的方向。

夏天午後四點左右太陽會傾向西方。那麼，彩虹應該出現在東方的天空上。

13 藏匿兄弟的秘密地圖！

小健、小富、小信是三兄弟。

小健是長男，身高幾乎和父親一樣高。但是，到底還是個孩子，他把明星照片、怪獸圖片卡等放在瓶子裡埋在後山裡，然後把描繪掩埋場所的地圖當作寶藏圖藏在家裡的門框上。

有一天，他從外頭回家走到自己的房間時聽到有人慌張地跑出去的聲音。他猛然想起一事而伸手到門框上，結果發現地圖不見了。

小信和小富的個子矮小，並無法伸手到門的上框，門邊附近也沒有做爲踏台的東西。但是，地圖一定是兩個弟弟中的一人拿走的。

小健於是立即質問兩個弟弟。

小富：「對不起，我是到過哥哥的房間，但是，我是去借書的喔！」

小信：「哥哥才不對呢！今天不是輪到你掃地嗎？你又不在，媽媽就把工作交給我做了！」

小健聽了二人的說詞後說：

「我知道了，是哥哥不對。我會把寶物也分一點給你們！」

那麼，盜取地圖的是那一個呢……？

答

竊嫌是掃除的小信。他利用吸塵器的吸頭靠在門的上框把地圖吸走了。

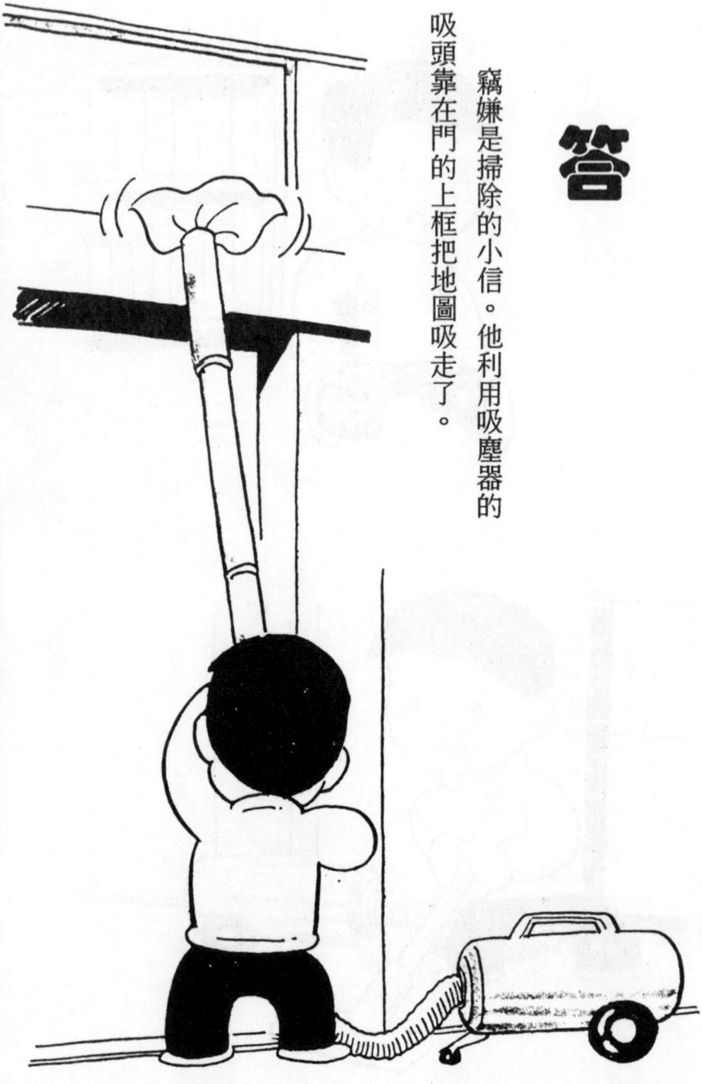

囚犯逃獄作戰

如圖，有六間用火柴棒圍成的單身牢房，現在囚犯一〇一號拿掉兩根火柴棒逃逸了。換言之，只剩下五間牢房。同時，一〇一號又移開兩根火柴棒救出其他兩個同伴，但是，據說剩下的牢房數是四間。

當察覺情況有異的典獄長趕到現場時，發現愚蠢的看守員被關在牢房內。那麼，這個詭計多端的一〇一號囚犯和被救出的其他兩個夥伴本來是關在那個單身牢房呢……？

（答在末頁）

14 年輕人啊！請遵守約會時間！

守雄是住在公寓的大學生。他踢開棉被跳下床來往洗手間飛奔而去。刮了鬍子再擦上古龍水。今天是和所傾慕的她約會的日子。

這棟公寓的其他住宿生都因休假回家還沒有回來，一個人孤零零地窩在公寓，總算有一點代價。

當他回到房間時，伸手去拿擺在電視機上的鬧鐘。手錶正拿去修理，他想知道到底離約會的時間還有多少時間呢？

但是，他在看時間之前不小心把鬧鐘摔落在地，鬧鐘碰觸到桌角摔成碎片。鬧鐘的外殼摔壞，長針和短針摔出來了。守雄望著仍能發出滴答聲音的鬧鐘恨得直跺腳。

那麼，請告訴他知道目前時間的方法以避免第一次約會的失敗！

12
3
6

答

只要徐緩地轉動定時的針，當它轉到目前的時刻時鬧鐘就會響。

但是，只知道大約的時刻，不過，已經足以趕上約會了！

15 死守我們的要塞吧！

布拉柏要塞非常堅固。雖然反判軍發動數次總攻擊，仍然屹立不搖。這都要歸功於在要塞上東西南北的監視員的功勞。

如圖所示，從任何一方看來都有九個監視員，但是，本來有二十四位監視員，因爲敵軍反覆數次的攻擊，有六個人戰死。不過，據說反叛軍不論從那個方向來看，監視員的人數仍然是九個。

那麼，這座要塞的聰明能幹的隊長是如何配置監視員呢……？

答

是依圖的方式配置。

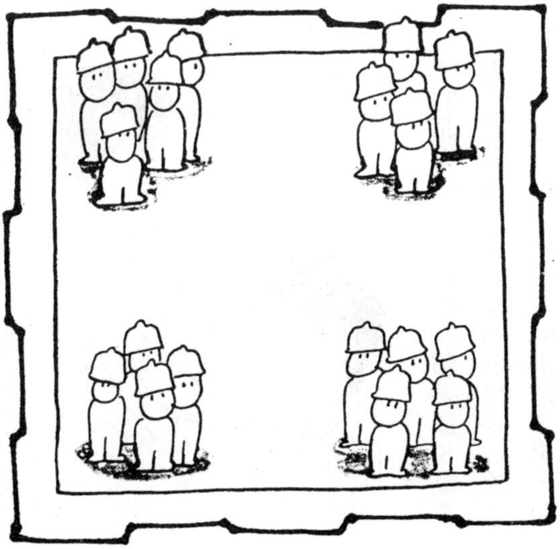

■答■

●獨角蟲捕獲大作戰！●答

根本不需找幫手，五個人就足夠了。五個人五分鐘可捕獲五隻，那麼，等於一個人五分鐘捕獲一隻。所以，一個鐘頭一個人可捕獲十二隻，12×5＝60，一個鐘頭當然可捕獲六十隻。

●一〇〇分不是作弊的喔！●答

首先在蘋果上編1、2、3、4、5、6的號碼。第一次把1、2、3、4的4個蘋果同時放在磅秤上，接著秤3、4、5、6的4個蘋果。如果第一組的重量較輕，那麼，較輕的蘋果是1或2，如果第二組的蘋果較輕，較輕的蘋果是5或6。如果二組等重，則較輕的蘋果是3或4。總而言之，最後秤較輕的兩個蘋果，和前面所秤的四個蘋果的平均重量比較就行了。

●狐狸和獵犬那一個聰明？●答

如圖所示，以後退的方式逃跑。

●囚犯逃獄作戰●答

一〇一號是住在⑥單身牢房的囚犯。被救出的兩名囚犯是①和④的囚犯。依圖左的方式移動火柴棒就行了。

你瞧，愚蠢的看守員不就被關在牢房裡了嗎！

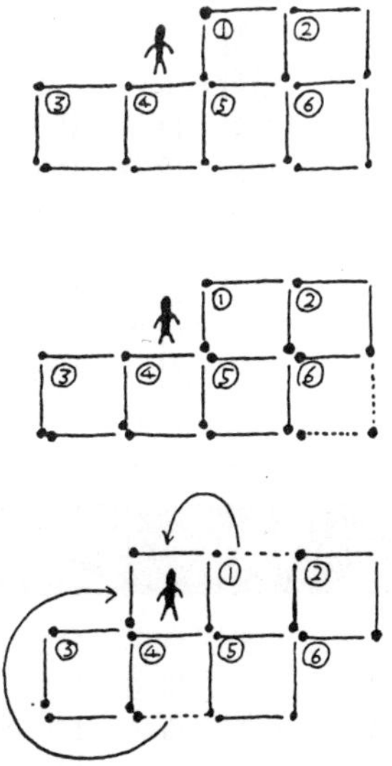

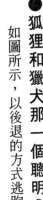

大展出版社有限公司　圖書目錄

地址：台北市北投區(石牌)
致遠一路二段 12 巷 1 號
郵撥：0166955～1
電話：(02)28236031
28236033
傳真：(02)28272069

·法律專欄連載·電腦編號 58

台大法學院　法律學系／策劃
法律服務社／編著

1. 別讓您的權利睡著了 ① 200 元
2. 別讓您的權利睡著了 ② 200 元

·秘傳占卜系列·電腦編號 14

1. 手相術	淺野八郎著	180 元
2. 人相術	淺野八郎著	150 元
3. 西洋占星術	淺野八郎著	180 元
4. 中國神奇占卜	淺野八郎著	150 元
5. 夢判斷	淺野八郎著	150 元
6. 前世、來世占卜	淺野八郎著	150 元
7. 法國式血型學	淺野八郎著	150 元
8. 靈感、符咒學	淺野八郎著	150 元
9. 紙牌占卜學	淺野八郎著	150 元
10. ESP 超能力占卜	淺野八郎著	150 元
11. 猶太數的秘術	淺野八郎著	150 元
12. 新心理測驗	淺野八郎著	160 元
13. 塔羅牌預言秘法	淺野八郎著	200 元

·趣味心理講座·電腦編號 15

1. 性格測驗① 探索男與女	淺野八郎著	140 元
2. 性格測驗② 透視人心奧秘	淺野八郎著	140 元
3. 性格測驗③ 發現陌生的自己	淺野八郎著	140 元
4. 性格測驗④ 發現你的真面目	淺野八郎著	140 元
5. 性格測驗⑤ 讓你們吃驚	淺野八郎著	140 元
6. 性格測驗⑥ 洞穿心理盲點	淺野八郎著	140 元
7. 性格測驗⑦ 探索對方心理	淺野八郎著	140 元
8. 性格測驗⑧ 由吃認識自己	淺野八郎著	160 元
9. 性格測驗⑨ 戀愛知多少	淺野八郎著	160 元
10. 性格測驗⑩ 由裝扮瞭解人心	淺野八郎著	160 元

11. 性格測驗⑪ 敲開內心玄機	淺野八郎著	140 元
12. 性格測驗⑫ 透視你的未來	淺野八郎著	160 元
13. 血型與你的一生	淺野八郎著	160 元
14. 趣味推理遊戲	淺野八郎著	160 元
15. 行為語言解析	淺野八郎著	160 元

・婦幼天地・電腦編號 16

1. 八萬人減肥成果	黃靜香譯	180 元
2. 三分鐘減肥體操	楊鴻儒譯	150 元
3. 窈窕淑女美髮秘訣	柯素娥譯	130 元
4. 使妳更迷人	成 玉譯	130 元
5. 女性的更年期	官舒妍編譯	160 元
6. 胎內育兒法	李玉瓊編譯	150 元
7. 早產兒袋鼠式護理	唐岱蘭譯	200 元
8. 初次懷孕與生產	婦幼天地編譯組	180 元
9. 初次育兒 12 個月	婦幼天地編譯組	180 元
10. 斷乳食與幼兒食	婦幼天地編譯組	180 元
11. 培養幼兒能力與性向	婦幼天地編譯組	180 元
12. 培養幼兒創造力的玩具與遊戲	婦幼天地編譯組	180 元
13. 幼兒的症狀與疾病	婦幼天地編譯組	180 元
14. 腿部苗條健美法	婦幼天地編譯組	180 元
15. 女性腰痛別忽視	婦幼天地編譯組	150 元
16. 舒展身心體操術	李玉瓊編譯	130 元
17. 三分鐘臉部體操	趙薇妮著	160 元
18. 生動的笑容表情術	趙薇妮著	160 元
19. 心曠神怡減肥法	川津祐介著	130 元
20. 內衣使妳更美麗	陳玄茹譯	130 元
21. 瑜伽美姿美容	黃靜香編著	180 元
22. 高雅女性裝扮學	陳珮玲譯	180 元
23. 蠶糞肌膚美顏法	坂梨秀子著	160 元
24. 認識妳的身體	李玉瓊譯	160 元
25. 產後恢復苗條體態	居理安・芙萊喬著	200 元
26. 正確護髮美容法	山崎伊久江著	180 元
27. 安琪拉美姿養生學	安琪拉蘭斯博瑞著	180 元
28. 女體性醫學剖析	增田豐著	220 元
29. 懷孕與生產剖析	岡部綾子著	180 元
30. 斷奶後的健康育兒	東城百合子著	220 元
31. 引出孩子幹勁的責罵藝術	多湖輝著	170 元
32. 培養孩子獨立的藝術	多湖輝著	170 元
33. 子宮肌瘤與卵巢囊腫	陳秀琳編著	180 元
34. 下半身減肥法	納他夏・史達賓著	180 元
35. 女性自然美容法	吳雅菁編著	180 元
36. 再也不發胖	池園悅太郎著	170 元

37. 生男生女控制術	中垣勝裕著	220 元
38. 使妳的肌膚更亮麗	楊　皓編著	170 元
39. 臉部輪廓變美	芝崎義夫著	180 元
40. 斑點、皺紋自己治療	高須克彌著	180 元
41. 面皰自己治療	伊藤雄康著	180 元
42. 隨心所欲瘦身冥想法	原久子著	180 元
43. 胎兒革命	鈴木丈織著	180 元
44. NS 磁氣平衡法塑造窈窕奇蹟	古屋和江著	180 元
45. 享瘦從腳開始	山田陽子著	180 元
46. 小改變瘦 4 公斤	宮本裕子著	180 元
47. 軟管減肥瘦身	高橋輝男著	180 元
48. 海藻精神秘美容法	劉名揚編著	180 元
49. 肌膚保養與脫毛	鈴木真理著	180 元
50. 10 天減肥 3 公斤	彤雲編輯組	180 元
51. 穿出自己的品味	西村玲子著	280 元

・青 春 天 地・電腦編號 17

1. A 血型與星座	柯素娥編譯	160 元
2. B 血型與星座	柯素娥編譯	160 元
3. O 血型與星座	柯素娥編譯	160 元
4. AB 血型與星座	柯素娥編譯	120 元
5. 青春期性教室	呂貴嵐編譯	130 元
6. 事半功倍讀書法	王毅希編譯	150 元
7. 難解數學破題	宋釗宜編譯	130 元
9. 小論文寫作秘訣	林顯茂編譯	120 元
11. 中學生野外遊戲	熊谷康編著	120 元
12. 恐怖極短篇	柯素娥編譯	130 元
13. 恐怖夜話	小毛驢編譯	130 元
14. 恐怖幽默短篇	小毛驢編譯	120 元
15. 黑色幽默短篇	小毛驢編譯	120 元
16. 靈異怪談	小毛驢編譯	130 元
17. 錯覺遊戲	小毛驢編著	130 元
18. 整人遊戲	小毛驢編著	150 元
19. 有趣的超常識	柯素娥編譯	130 元
20. 哦！原來如此	林慶旺編譯	130 元
21. 趣味競賽 100 種	劉名揚編譯	120 元
22. 數學謎題入門	宋釗宜編譯	150 元
23. 數學謎題解析	宋釗宜編譯	150 元
24. 透視男女心理	林慶旺編譯	120 元
25. 少女情懷的自白	李桂蘭編譯	120 元
26. 由兄弟姊妹看命運	李玉瓊編譯	130 元
27. 趣味的科學魔術	林慶旺編譯	150 元
28. 趣味的心理實驗室	李燕玲編譯	150 元

29. 愛與性心理測驗　小毛驢編譯　130 元
30. 刑案推理解謎　小毛驢編譯　130 元
31. 偵探常識推理　小毛驢編譯　130 元
32. 偵探常識解謎　小毛驢編譯　130 元
33. 偵探推理遊戲　小毛驢編譯　130 元
34. 趣味的超魔術　廖玉山編著　150 元
35. 趣味的珍奇發明　柯素娥編著　150 元
36. 登山用具與技巧　陳瑞菊編著　150 元
37. 性的漫談　蘇燕謀編著　180 元
38. 無的漫談　蘇燕謀編著　180 元
39. 黑色漫談　蘇燕謀編著　180 元
40. 白色漫談　蘇燕謀編著　180 元

·健 康 天 地· 電腦編號 18

1. 壓力的預防與治療　柯素娥編譯　130 元
2. 超科學氣的魔力　柯素娥編譯　130 元
3. 尿療法治病的神奇　中尾良一著　130 元
4. 鐵證如山的尿療法奇蹟　廖玉山譯　120 元
5. 一日斷食健康法　葉慈容編譯　150 元
6. 胃部強健法　陳炳崑譯　120 元
7. 癌症早期檢查法　廖松濤譯　160 元
8. 老人痴呆症防止法　柯素娥編譯　130 元
9. 松葉汁健康飲料　陳麗芬編譯　130 元
10. 揉肚臍健康法　永井秋夫著　150 元
11. 過勞死、猝死的預防　卓秀貞編譯　130 元
12. 高血壓治療與飲食　藤山順豐著　150 元
13. 老人看護指南　柯素娥編譯　150 元
14. 美容外科淺談　楊啟宏著　150 元
15. 美容外科新境界　楊啟宏著　150 元
16. 鹽是天然的醫生　西英司郎著　140 元
17. 年輕十歲不是夢　梁瑞麟譯　200 元
18. 茶料理治百病　桑野和民著　180 元
19. 綠茶治病寶典　桑野和民著　150 元
20. 杜仲茶養顏減肥法　西田博著　150 元
21. 蜂膠驚人療效　瀨長良三郎著　180 元
22. 蜂膠治百病　瀨長良三郎著　180 元
23. 醫藥與生活(一)　鄭炳全著　180 元
24. 鈣長生寶典　落合敏著　180 元
25. 大蒜長生寶典　木下繁太郎著　160 元
26. 居家自我健康檢查　石川恭三著　160 元
27. 永恆的健康人生　李秀鈴譯　200 元
28. 大豆卵磷脂長生寶典　劉雪卿譯　150 元
29. 芳香療法　梁艾琳譯　160 元

30. 醋長生寶典 柯素娥譯 180元
31. 從星座透視健康 席拉・吉蒂斯著 180元
32. 愉悅自在保健學 野本二士夫著 160元
33. 裸睡健康法 丸山淳士等著 160元
34. 糖尿病預防與治療 藤田順豐著 180元
35. 維他命長生寶典 菅原明子著 180元
36. 維他命C新效果 鐘文訓編 150元
37. 手、腳病理按摩 堤芳朗著 160元
38. AIDS瞭解與預防 彼得塔歇爾著 180元
39. 甲殼質殼聚糖健康法 沈永嘉譯 160元
40. 神經痛預防與治療 木下真男著 160元
41. 室內身體鍛鍊法 陳炳崑編著 160元
42. 吃出健康藥膳 劉大器編著 180元
43. 自我指壓術 蘇燕謀編著 160元
44. 紅蘿蔔汁斷食療法 李玉瓊編著 150元
45. 洗心術健康秘法 竺翠萍編譯 170元
46. 枇杷葉健康療法 柯素娥編譯 180元
47. 抗衰血癒 楊啟宏著 180元
48. 與癌搏鬥記 逸見政孝著 180元
49. 冬蟲夏草長生寶典 高橋義博著 170元
50. 痔瘡・大腸疾病先端療法 宮島伸宜著 180元
51. 膠布治癒頑固慢性病 加瀨建造著 180元
52. 芝麻神奇健康法 小林貞作著 170元
53. 香煙能防止癡呆？ 高田明和著 180元
54. 穀菜食治癌療法 佐藤成志著 180元
55. 貼藥健康法 松原英多著 180元
56. 克服癌症調和道呼吸法 帶津良一著 180元
57. B型肝炎預防與治療 野村喜重郎著 180元
58. 青春永駐養生導引術 早島正雄著 180元
59. 改變呼吸法創造健康 原久子著 180元
60. 荷爾蒙平衡養生秘訣 出村博著 180元
61. 水美肌健康法 井戶勝富著 170元
62. 認識食物掌握健康 廖梅珠編著 170元
63. 痛風劇痛消除法 鈴木吉彥著 180元
64. 酸莖菌驚人療效 上田明彥著 180元
65. 大豆卵磷脂治現代病 神津健一著 200元
66. 時辰療法—危險時刻凌晨4時 呂建強等著 180元
67. 自然治癒力提升法 帶津良一著 180元
68. 巧妙的氣保健法 藤平墨子著 180元
69. 治癒C型肝炎 熊田博光著 180元
70. 肝臟病預防與治療 劉名揚編著 180元
71. 腰痛平衡療法 荒井政信著 180元
72. 根治多汗症、狐臭 稻葉益巳著 220元
73. 40歲以後的骨質疏鬆症 沈永嘉譯 180元

74. 認識中藥	松下一成著	180 元
75. 認識氣的科學	佐佐木茂美著	180 元
76. 我戰勝了癌症	安田伸著	180 元
77. 斑點是身心的危險信號	中野進著	180 元
78. 艾波拉病毒大震撼	玉川重德著	180 元
79. 重新還我黑髮	桑名隆一郎著	180 元
80. 身體節律與健康	林博史著	180 元
81. 生薑治萬病	石原結實著	180 元
82. 靈芝治百病	陳瑞東著	180 元
83. 木炭驚人的威力	大槻彰著	200 元
84. 認識活性氧	井土貴司著	180 元
85. 深海鮫治百病	廖玉山編著	180 元
86. 神奇的蜂王乳	井上丹治著	180 元
87. 卡拉 OK 健腦法	東潔著	180 元
88. 卡拉 OK 健康法	福田伴男著	180 元
89. 醫藥與生活(二)	鄭炳全著	200 元
90. 洋蔥治百病	宮尾興平著	180 元
91. 年輕 10 歲快步健康法	石塚忠雄著	180 元
92. 石榴的驚人神效	岡本順子著	180 元
93. 飲料健康法	白鳥早奈英著	180 元
94. 健康棒體操	劉名揚編譯	180 元
95. 催眠健康法	蕭京凌編著	180 元

・實用女性學講座・電腦編號 19

1. 解讀女性內心世界	島田一男著	150 元
2. 塑造成熟的女性	島田一男著	150 元
3. 女性整體裝扮學	黃靜香編著	180 元
4. 女性應對禮儀	黃靜香編著	180 元
5. 女性婚前必修	小野十傳著	200 元
6. 徹底瞭解女人	田口二州著	180 元
7. 拆穿女性謊言 88 招	島田一男著	200 元
8. 解讀女人心	島田一男著	200 元
9. 俘獲女性絕招	志賀貢著	200 元
10. 愛情的壓力解套	中村理英子著	200 元
11. 妳是人見人愛的女孩	廖松濤編著	200 元

・校園系列・電腦編號 20

1. 讀書集中術	多湖輝著	150 元
2. 應考的訣竅	多湖輝著	150 元
3. 輕鬆讀書贏得聯考	多湖輝著	150 元
4. 讀書記憶秘訣	多湖輝著	150 元

5.	視力恢復！超速讀術	江錦雲譯	180 元
6.	讀書 36 計	黃柏松編著	180 元
7.	驚人的速讀術	鐘文訓編著	170 元
8.	學生課業輔導良方	多湖輝著	180 元
9.	超速讀超記憶法	廖松濤編著	180 元
10.	速算解題技巧	宋釗宜編著	200 元
11.	看圖學英文	陳炳崑編著	200 元
12.	讓孩子最喜歡數學	沈永嘉譯	180 元
13.	催眠記憶術	林碧清譯	180 元

・實用心理學講座・電腦編號 21

1.	拆穿欺騙伎倆	多湖輝著	140 元
2.	創造好構想	多湖輝著	140 元
3.	面對面心理術	多湖輝著	160 元
4.	偽裝心理術	多湖輝著	140 元
5.	透視人性弱點	多湖輝著	140 元
6.	自我表現術	多湖輝著	180 元
7.	不可思議的人性心理	多湖輝著	180 元
8.	催眠術入門	多湖輝著	150 元
9.	責罵部屬的藝術	多湖輝著	150 元
10.	精神力	多湖輝著	150 元
11.	厚黑說服術	多湖輝著	150 元
12.	集中力	多湖輝著	150 元
13.	構想力	多湖輝著	150 元
14.	深層心理術	多湖輝著	160 元
15.	深層語言術	多湖輝著	160 元
16.	深層說服術	多湖輝著	180 元
17.	掌握潛在心理	多湖輝著	160 元
18.	洞悉心理陷阱	多湖輝著	180 元
19.	解讀金錢心理	多湖輝著	180 元
20.	拆穿語言圈套	多湖輝著	180 元
21.	語言的內心玄機	多湖輝著	180 元
22.	積極力	多湖輝著	180 元

・超現實心理講座・電腦編號 22

1.	超意識覺醒法	詹蔚芬編譯	130 元
2.	護摩秘法與人生	劉名揚編譯	130 元
3.	秘法！超級仙術入門	陸明譯	150 元
4.	給地球人的訊息	柯素娥編著	150 元
5.	密教的神通力	劉名揚編著	130 元
6.	神秘奇妙的世界	平川陽一著	200 元

7. 地球文明的超革命	吳秋嬌譯	200 元
8. 力量石的秘密	吳秋嬌譯	180 元
9. 超能力的靈異世界	馬小莉譯	200 元
10. 逃離地球毀滅的命運	吳秋嬌譯	200 元
11. 宇宙與地球終結之謎	南山宏著	200 元
12. 驚世奇功揭秘	傅起鳳著	200 元
13. 啟發身心潛力心象訓練法	栗田昌裕著	180 元
14. 仙道術遁甲法	高藤聰一郎著	220 元
15. 神通力的秘密	中岡俊哉著	180 元
16. 仙人成仙術	高藤聰一郎著	200 元
17. 仙道符咒氣功法	高藤聰一郎著	220 元
18. 仙道風水術尋龍法	高藤聰一郎著	200 元
19. 仙道奇蹟超幻像	高藤聰一郎著	200 元
20. 仙道鍊金術房中法	高藤聰一郎著	200 元
21. 奇蹟超醫療治癒難病	深野一幸著	220 元
22. 揭開月球的神秘力量	超科學研究會	180 元
23. 西藏密教奧義	高藤聰一郎著	250 元
24. 改變你的夢術入門	高藤聰一郎著	250 元

・養 生 保 健・ 電腦編號 23

1. 醫療養生氣功	黃孝寬著	250 元
2. 中國氣功圖譜	余功保著	230 元
3. 少林醫療氣功精粹	井玉蘭著	250 元
4. 龍形實用氣功	吳大才等著	220 元
5. 魚戲增視強身氣功	宮 嬰著	220 元
6. 嚴新氣功	前新培金著	250 元
7. 道家玄牝氣功	張 章著	200 元
8. 仙家秘傳袪病功	李遠國著	160 元
9. 少林十大健身功	秦慶豐著	180 元
10. 中國自控氣功	張明武著	250 元
11. 醫療防癌氣功	黃孝寬著	250 元
12. 醫療強身氣功	黃孝寬著	250 元
13. 醫療點穴氣功	黃孝寬著	250 元
14. 中國八卦如意功	趙維漢著	180 元
15. 正宗馬禮堂養氣功	馬禮堂著	420 元
16. 秘傳道家筋經內丹功	王慶餘著	280 元
17. 三元開慧功	辛桂林著	250 元
18. 防癌治癌新氣功	郭 林著	180 元
19. 禪定與佛家氣功修煉	劉天君著	200 元
20. 顛倒之術	梅自強著	360 元
21. 簡明氣功辭典	吳家駿編	360 元
22. 八卦三合功	張全亮著	230 元
23. 朱砂掌健身養生功	楊永著	250 元

24. 抗老功	陳九鶴著	230 元
25. 意氣按穴排濁自療法	黃啟運編著	250 元
26. 陳式太極拳養生功	陳正雷著	200 元
27. 健身祛病小功法	王培生著	200 元

・社會人智囊・電腦編號 24

1. 糾紛談判術	清水增三著	160 元
2. 創造關鍵術	淺野八郎著	150 元
3. 觀人術	淺野八郎著	180 元
4. 應急詭辯術	廖英迪編著	160 元
5. 天才家學習術	木原武一著	160 元
6. 貓型狗式鑑人術	淺野八郎著	180 元
7. 逆轉運掌握術	淺野八郎著	180 元
8. 人際圓融術	澀谷昌三著	160 元
9. 解讀人心術	淺野八郎著	180 元
10. 與上司水乳交融術	秋元隆司著	180 元
11. 男女心態定律	小田晉著	180 元
12. 幽默說話術	林振輝編著	200 元
13. 人能信賴幾分	淺野八郎著	180 元
14. 我一定能成功	李玉瓊譯	180 元
15. 獻給青年的嘉言	陳蒼杰譯	180 元
16. 知人、知面、知其心	林振輝編著	180 元
17. 塑造堅強的個性	坂上肇著	180 元
18. 為自己而活	佐藤綾子著	180 元
19. 未來十年與愉快生活有約	船井幸雄著	180 元
20. 超級銷售話術	杜秀卿譯	180 元
21. 感性培育術	黃靜香編著	180 元
22. 公司新鮮人的禮儀規範	蔡媛惠譯	180 元
23. 傑出職員鍛鍊術	佐佐木正著	180 元
24. 面談獲勝戰略	李芳黛譯	180 元
25. 金玉良言撼人心	森純大著	180 元
26. 男女幽默趣典	劉華亭編著	180 元
27. 機智說話術	劉華亭編著	180 元
28. 心理諮商室	柯素娥譯	180 元
29. 如何在公司崢嶸頭角	佐佐木正著	180 元
30. 機智應對術	李玉瓊編著	200 元
31. 克服低潮良方	坂野雄二著	180 元
32. 智慧型說話技巧	沈永嘉編著	180 元
33. 記憶力、集中力增進術	廖松濤編著	180 元
34. 女職員培育術	林慶旺編著	180 元
35. 自我介紹與社交禮儀	柯素娥編著	180 元
36. 積極生活創幸福	田中真澄著	180 元
37. 妙點子超構想	多湖輝著	180 元

38. 說 NO 的技巧	廖玉山編著	180 元
39. 一流說服力	李玉瓊編著	180 元
40. 般若心經成功哲學	陳鴻蘭編著	180 元
41. 訪問推銷術	黃靜香編著	180 元
42. 男性成功秘訣	陳蒼杰編著	180 元
43. 笑容、人際智商	宮川澄子著	180 元
44. 多湖輝的構想工作室	多湖輝著	200 元
45. 名人名語啟示錄	喬家楓著	180 元

・精 選 系 列・電腦編號 25

1. 毛澤東與鄧小平	渡邊利夫等著	280 元
2. 中國大崩裂	江戶介雄著	180 元
3. 台灣・亞洲奇蹟	上村幸治著	220 元
4. 7-ELEVEN 高盈收策略	國友隆一著	180 元
5. 台灣獨立（新・中國日本戰爭一）	森詠著	200 元
6. 迷失中國的末路	江戶雄介著	220 元
7. 2000 年 5 月全世界毀滅	紫藤甲子男著	180 元
8. 失去鄧小平的中國	小島朋之著	220 元
9. 世界史爭議性異人傳	桐生操著	200 元
10. 淨化心靈享人生	松濤弘道著	220 元
11. 人生心情診斷	賴藤和寬著	220 元
12. 中美大決戰	檜山良昭著	220 元
13. 黃昏帝國美國	莊雯琳譯	220 元
14. 兩岸衝突（新・中國日本戰爭二）	森詠著	220 元
15. 封鎖台灣（新・中國日本戰爭三）	森詠著	220 元
16. 中國分裂（新・中國日本戰爭四）	森詠著	220 元
17. 由女變男的我	虎井正衛著	200 元
18. 佛學的安心立命	松濤弘道著	220 元
19. 世界喪禮大觀	松濤弘道著	280 元

・運 動 遊 戲・電腦編號 26

1. 雙人運動	李玉瓊譯	160 元
2. 愉快的跳繩運動	廖玉山譯	180 元
3. 運動會項目精選	王佑京譯	150 元
4. 肋木運動	廖玉山譯	150 元
5. 測力運動	王佑宗譯	150 元
6. 游泳入門	唐桂萍編著	200 元

・休 閒 娛 樂・電腦編號 27

1. 海水魚飼養法	田中智浩著	300 元

2. 金魚飼養法	曾雪玫譯	250 元
3. 熱門海水魚	毛利匡明著	480 元
4. 愛犬的教養與訓練	池田好雄著	250 元
5. 狗教養與疾病	杉浦哲著	220 元
6. 小動物養育技巧	三上昇著	300 元
20. 園藝植物管理	船越亮二著	220 元

・銀髮族智慧學・電腦編號 28

1. 銀髮六十樂逍遙	多湖輝著	170 元
2. 人生六十反年輕	多湖輝著	170 元
3. 六十歲的決斷	多湖輝著	170 元
4. 銀髮族健身指南	孫瑞台編著	250 元

・飲 食 保 健・電腦編號 29

1. 自己製作健康茶	大海淳著	220 元
2. 好吃、具藥效茶料理	德永睦子著	220 元
3. 改善慢性病健康藥草茶	吳秋嬌譯	200 元
4. 藥酒與健康果菜汁	成玉編著	250 元
5. 家庭保健養生湯	馬汴梁編著	220 元
6. 降低膽固醇的飲食	早川和志著	200 元
7. 女性癌症的飲食	女子營養大學	280 元
8. 痛風者的飲食	女子營養大學	280 元
9. 貧血者的飲食	女子營養大學	280 元
10. 高脂血症者的飲食	女子營養大學	280 元
11. 男性癌症的飲食	女子營養大學	280 元
12. 過敏者的飲食	女子營養大學	280 元
13. 心臟病的飲食	女子營養大學	280 元
14. 滋陰壯陽的飲食	王增著	220 元

・家庭醫學保健・電腦編號 30

1. 女性醫學大全	雨森良彥著	380 元
2. 初為人父育兒寶典	小瀧周曹著	220 元
3. 性活力強健法	相建華著	220 元
4. 30 歲以上的懷孕與生產	李芳黛編著	220 元
5. 舒適的女性更年期	野末悅子著	200 元
6. 夫妻前戲的技巧	笠井寬司著	200 元
7. 病理足穴按摩	金慧明著	220 元
8. 爸爸的更年期	河野孝旺著	200 元
9. 橡皮帶健康法	山田晶著	180 元
10. 三十三天健美減肥	相建華等著	180 元

11.男性健美入門	孫玉祿編著	180元
12.強化肝臟秘訣	主婦の友社編	200元
13.了解藥物副作用	張果馨譯	200元
14.女性醫學小百科	松山榮吉著	200元
15.左轉健康法	龜田修等著	200元
16.實用天然藥物	鄭炳全編著	260元
17.神秘無痛平衡療法	林宗駛著	180元
18.膝蓋健康法	張果馨譯	180元
19.針灸治百病	葛書翰著	250元
20.異位性皮膚炎治癒法	吳秋嬌譯	220元
21.禿髮白髮預防與治療	陳炳崑編著	180元
22.埃及皇宮菜健康法	飯森薰著	200元
23.肝臟病安心治療	上野幸久著	220元
24.耳穴治百病	陳抗美等著	250元
25.高效果指壓法	五十嵐康彥著	200元
26.瘦水、胖水	鈴木園子著	200元
27.手針新療法	朱振華著	200元
28.香港腳預防與治療	劉小惠譯	200元
29.智慧飲食吃出健康	柯富陽編著	200元
30.牙齒保健法	廖玉山編著	200元
31.恢復元氣養生食	張果馨譯	200元
32.特效推拿按摩術	李玉田著	200元
33.一週一次健康法	若狹真著	200元
34.家常科學膳食	大塚滋著	220元
35.夫妻們關心的男性不孕	原利夫著	220元
36.自我瘦身美容	馬野詠子著	200元
37.魔法姿勢益健康	五十嵐康彥著	200元
38.眼病錘療法	馬栩周著	200元
39.預防骨質疏鬆症	藤田拓男著	200元
40.骨質增生效驗方	李吉茂編著	250元
41.蕺菜健康法	小林正夫著	200元
42.赧於啟齒的男性煩惱	增田豐著	220元
43.簡易自我健康檢查	稻葉允著	250元
44.實用花草健康法	友田純子著	200元
45.神奇的手掌療法	日比野喬著	230元
46.家庭式三大穴道療法	刑部忠和著	200元
47.子宮癌、卵巢癌	岡島弘幸著	220元
48.糖尿病機能性食品	劉雪卿編著	220元
49.奇蹟活現經脈美容法	林振輝編譯	200元
50.Super SEX	秋好憲一著	220元
51.了解避孕丸	林玉佩譯	200元

國家圖書館出版品預行編目資料

刑案推理解謎／小毛驢編譯 --初版
--臺北市：大展，民82
面；　公分 --（青春天地；30）
ISBN 957-557-399-4（平裝）

861.6　　82007054

ISBN 957-557-399-4

刑案推理解謎

編著者／小　毛　驢
發行人／蔡　森　明
出版者／大展出版社有限公司
社　址／台北市北投區（石牌）致遠一路二段12巷1號
電　話／(02) 28236031・28236033
傳　眞／(02) 28272069
郵政劃撥／0166955－1
登記證／局版臺業字第2171號
承印者／高星企業有限公司
裝　訂／日新裝訂所
排版者／千兵企業有限公司
電　話／(02) 28812643
初版1刷／1993年（民82年）10月
2　刷／1999年（民88年）4月

定　價／180元

大展好書 好書大展

大展好書 好書大展